INC

Tynnwyd o'r Stoc
Withdrawn From Stock

Inc

MANON STEFFAN ROS

I Elen Williams, Bethesda –
ffrind annwyl a chynllunydd fy nhatŵ cyntaf.

Diolch i'r holl bobol glên a gweithgar yn y Lolfa,
yn enwedig Alun Jones a Meinir Edwards.
Diolch i Nic, Efan a Ger am fod yn amyneddgar
ac am ddioddef yr obsesiwn tatŵs!

Noddir gan
Lywodraeth Cymru
Sponsored by
Welsh Government

CYNGOR LLYFRAU CYMRU

ISBN: 978 184771 633 0
Argraffiad cyntaf: 2013

Mae'r prosiect Stori Sydyn/Quick Reads yng Nghymru
yn cael ei gydlynu gan Gyngor Llyfrau Cymru
a'i gefnogi gan Lywodraeth Cymru.

Argaffwyd a chyhoeddwyd gan
Y Lolfa, Talybont, Ceredigion SY24 5HE
gwefan www.ylolfa.com
e-bost ylolfa@ylolfa.com
ffôn 01970 832 304
ffacs 832782

DYDD IAU, GORFFENNAF 12

Syniad Jên oedd hyn i gyd.

Fi oedd wedi sôn cymaint ro'n i'n dechrau blino ar y busnes. Yn cael llond bol ar y math o bobol fyddai'n dod i'r stiwdio tatŵs. 'Plant ydi eu hanner nhw, isio gwneud rhywbeth i wylltio'u rhieni. A'r lleill yn ddynion 'run oed â fi, yn meddwl bod cael tatŵ yn mynd i wneud iddyn nhw edrych yn galed. Does gan hanner ohonyn nhw ddim ots yn y byd pa lun fyddan nhw'n ei gael. Dydyn nhw ddim wedi meddwl am y peth o gwbwl.'

'Ti'n gor-ddweud rŵan,' atebodd Jên gan droi rhywbeth yn y sosban, ei gwallt du, blêr yn crogi dros y stêm. Roedd y tŷ yn rhyfedd heb Lili a'i holl dwrw – roedd hi'n chwarae hoci neu yn llofft un o'i ffrindiau'n smalio gwneud gwaith cartref.

'Nac ydw. Mae o'n gwneud i fi fod isio rhoi'r gora iddi.'

Stopiodd Jên yn stond a syllu arna i dros fwrdd y gegin. 'Rhoi'r gora i'r tatŵs? Gwerthu'r stiwdio?'

'Mi fedrwn i gael joban yn Tesco. Mi fasa'n haws na gorfod gwneud yr un gwaith, ddydd ar ôl dydd.'

Tynnodd Jên y sosban oddi ar y gwres ac

eistedd wrth y bwrdd. 'Ond dyna rwyt ti wedi'i wneud erioed, Ows. Rwyt ti'n dda. Mae pawb yn canmol... Mae pobol yn dŵad o bell...'

'Dydi'r busnas ddim fel roedd o. A beth bynnag, ro'n i'n meddwl y byddet ti'n hapus.'

'Dy fod ti'n cysidro rhoi'r gora i joban dda?'

'Dwyt ti ddim yn licio tatŵs, Jên.'

Bu tawelwch rhwng y ddau ohonon ni am funud. Mi fedrwn i glywed y cloc yn tipian yn yr ystafell fyw. Do'n i ddim am edrych arni. Ro'n i'n gwybod yn iawn am beth roedd hi'n poeni, dim ond bod arni ofn dweud.

Poeni am y pres roedd hi. Roedd yn dipyn mwy nag a gawn i'n stacio silffoedd Tesco. Poeni sut byddai'n bosibl talu am bob dim heb gyflog y stiwdio a Lili'n cyrraedd yr oed hwnnw pan oedd popeth roedd hi am ei gael mor ofnadwy o ddrud.

'Fe ddyliet ti gadw llyfr cofnodion, yn dy waith.'

Edrychais arni, wedi fy synnu. Ro'n i wedi disgwyl i Jên ddechrau strancio.

'I be?'

'Cadw cofnod o'r bobol sy'n dod atat ti a pha luniau maen nhw'n eu dewis fel tatŵs. Beth ydi dy farn di amdanyn nhw? Wnest ti fwynhau eu creu nhw? Petha fel yna.'

'Paid â malu awyr.'

'Ac wedyn, edrych yn ôl ar yr hyn sgwennaist ti. Dwi'n siŵr y bydda fo'n gwneud i chdi deimlo'n well am yr holl beth, 'sdi.'

'Na, dwi'm yn meddwl.'

Dyma'r diweddara mewn rhes hir o syniadau gwirion roedd hi wedi'u cael. Roedd hi wedi mynd i'r arfer o fenthyca llyfrau efo teitlau gwirion o'r llyfrgell – llyfrau fel *How to Improve Your Life* a *Realizing Your Dreams: A Beginner's Guide* – llyfrau oedd yn llawn o hen syniadau cymhleth.

'Tria fo, Ows. I fi ac i Lili. Tydi cadw cofnod ddim yn syniad gwael, beth bynnag. Nac ydi?'

Cododd Jên a throi at y sosban ar y stof.

Fy mwriad oedd anwybyddu popeth a ddywedodd hi. Ond ychydig ddyddiau'n ddiweddarach, wrth i fi gnoi darn o dost, estynnodd Jên am ei bag.

'Bron i mi anghofio.'

Agorodd sip y bag a nôl cwdyn papur. Cynigiodd o i mi.

'Beth ydi hwn?' gofynnais, a 'ngheg yn llawn.

'Llyfr nodiadau,' esboniodd Jên, wrth i mi ei dynnu o allan. Llyfr ysgrifennu oedd o, a'r clawr yn biws, yn union fel y llyfrau fyddai yn yr ysgol erstalwm.

'Plis, Ows. Jest tria!'

'Ga i weld pa mor brysur ydw i,' meddwn o dan fy ngwynt, yn gwybod na fyddwn i'n medru ei pherswadio hi nad oedd fawr o bwrpas nac angen defnyddio'r llyfr.

'Mae'n *straighteners* i ar y blinc eto!' bloeddiodd Lili wrth wibio drwy'r gegin, yn trio clymu ei thei ysgol a chwilio am ei sgidiau yr un pryd. 'Beth ydi'r llyfr yna?'

'Trio cael dy dad i gadw cofnod o'r tatŵs bydd o'n eu gwneud, ond wneith o ddim.'

Ochneidiodd Jên a sbio ar y llyfr fel tasa hi wedi blino'n lân.

'Ddeudis i mo hynny...'

'Dylet ti neud o, Dad.'

Cymerodd Lili'r triongl olaf o dost oddi ar fy mhlât.

'Be? Pam?'

'Achos pan fyddi di'n hen, mi wneith o helpu i chdi gofio'r holl inc yna ti'n gyfrifol amdano fo. Ac mi fydd o'n ddifyr i mi ei ddarllen o hefyd, ar ôl i chdi gicio'r bwced.' Chwarddodd yn ddireidus.

Dwn i ddim pam ond mi stwffies i'r llyfr bach i fy mag cyn cerdded i'r gwaith. Efallai mai'r hyn ddywedodd Lili wnaeth danio fy meddwl. Ro'n i wedi dechrau anghofio'r tatŵs wnes i eu creu bymtheng mlynedd yn ôl a do'n i ddim am i hynny ddigwydd. Mae'n fwy tebygol mai ymateb Jên gythruddodd fi. Roedd hi mor bendant na fyddwn i'n cymryd ei chyngor hi ac na fyddwn i'n fodlon mynd i'r drafferth o gadw cofnod.

Ro'n i'n benderfynol o brofi iddi hi nad oedd hi'n medru fy narllen i gystal ag roedd hi'n meddwl ei bod hi.

Un enw oedd gen i yn y llyfr ar gyfer y diwrnod hwnnw – enw nad oeddwn i'n ei nabod. Donna Williams.

Cyrhaeddodd Donna am un ar ddeg o'r gloch y bore, ei hwd yn cuddio'i hwyneb. Roedd hi'n pistyllio bwrw ar stryd fawr Bethesda, a sŵn y ceir yn gyrru'n rhy gyflym ar hyd y lôn wlyb wrth iddi ddod i mewn i'r stiwdio. Caeodd Donna'r drws ar y sŵn, a thynnu ei hwd.

'Haia. Mi wnes i ffonio ychydig wythnosau 'nôl?'

'Do, siŵr. Mae dy enw di yn y llyfr.'

Hogan ifanc, fach oedd hi – dim mwy nag ugain oed, ac yn denau, denau. Roedd ei gwallt yn olau, bron yn wyn, ond roedd y gwreiddiau du yn dechrau dangos. Tynnodd ei chôt a'i gosod ar y soffa wrth ffenest y stiwdio. Welais i neb mor ofnadwy o fain â hi, a siâp ei hesgyrn i'w gweld yn ei dwylo hir.

'Oes gen ti syniad pa gynllun wyt ti isio, ac yn lle?' gofynnais, wrth ei gweld hi'n edrych yn nerfus. Yn fy mhen, ro'n i'n dyfalu. Hogan dawel, dlws fel hon, efo gwên ddel – tatŵ bach, hawdd i'w orchuddio fyddai hi'n holi amdano. Cynllun merchetaidd, syml – blodyn, neu aderyn bach efallai.

'Pluen fach,' atebodd Donna, gan estyn i'w phoced am ddarn o bapur a llun pluen fach las arno. 'Ar fy ysgwydd.'

Edrychais ar y llun. Perffaith. Yn dlws ac eto'n hawdd i'w guddio pe bai'n penderfynu nad oedd hi'n hoff ohono.

'Del iawn,' atebais, gan osgoi sôn i mi wneud tri thatŵ tebyg yn ystod y mis diwethaf. Roedd pawb eisiau teimlo'u bod nhw'n unigryw. 'Mi a' i i wneud copi o hwn ar bapur tresio. Eistedda di ar y gwely yn fan acw. Bydd angen i ti dynnu dy dop, os ydi hynna'n iawn.'

Symudais draw at y ddesg a dechrau creu copi o'r cynllun. Wrth i Donna dynnu ei siwmper a'i chrys-T, estynnais innau'r inc a'r nodwyddau, gan drio osgoi edrych arni'n eistedd ar y gwely yn ei bra. Medrwn weld pob un o'i hasennau, fel pe na bai unrhyw gig arnyn nhw. Doedd dim cnawd o gwbl ar ei bronnau; roedd hi'n union fel hogyn bach.

'Dyma'r tro cynta i ti gael tatŵ?' gofynnais wrth i mi dynnu fy menig rwber am fy nwylo.

'Ia. Fydd o'n brifo?'

Roedd cryndod yn llais Donna, yr un cryndod ag ro'n i wedi'i glywed gan eraill ganwaith o'r blaen.

'Wel, bydd, ond fydd o ddim yn annioddefol. Mae'r gwn tatŵ yma fel beiro efo nodwydd ar ei flaen. Mae o'n torri dy groen di ddegau o weithiau bob eiliad ac yn llenwi'r tyllau efo'r inc.'

'Ocê.'

'Bydd yr amlinelliad – dyna fydda i'n ei wneud gyntaf – yn brifo ychydig mwy na'r lliwio. A bob ychydig eiliadau, mi fydda i'n defnyddio gwlanen i sychu gweddillion yr inc a'r gwaed oddi ar dy gnawd. Iawn?'

Nodiodd Donna, gan syllu'n amheus ar y gwn tatŵs.

Gosodais y papur tresio yn ofalus ar ei hysgwydd ac yna ei dynnu oddi yno'n araf. Arhosodd siâp y bluen ar ei chroen, yn edrych yn feddal a thlws wrth ymyl llinellau hagr ei hesgyrn.

'Dwi am ddechrau'r tatŵ rŵan, Donna, ac mae'n bwysig dy fod ti'n aros mor llonydd â phosib. Ond os wyt ti am i mi stopio, does ond angen i chdi ddweud, ac mi wna i roi'r gora iddi.'

11

Pwysais y botwm bach du i ddechrau'r gwn tatŵs. Gwelais Donna'n llyncu ei phoer. Roedd sŵn y gwn yn tueddu i wneud pobol yn betrus – fel sŵn gwenyn meirch blin yn llenwi'r stiwdio.

Gosodais fy llaw ar ei hysgwydd esgyrnog a phwyso'r gwn ar ei chroen. Wnaeth hi ddim symud o gwbl. Ymhen chwarter awr, roedd yr amlinelliad wedi'i orffen a'r lliwio glas yn dechrau.

'Roeddat ti'n iawn. Tydi'r lliwio ddim yn brifo cynddrwg.'

Er na fedrwn weld ei hwyneb, ro'n i'n gallu synhwyro bod Donna yn gwenu wrth i mi glywed ei llais.

'Mae o'n edrych yn grêt. Mi fyddi di'n hapus efo fo, dwi'n meddwl.'

'Gobeithio! A finna wedi dod yr holl ffordd o ben draw Sir Fôn...'

'Does 'na'm stiwdio tatŵs yn Sir Fôn, 'ta?'

'Pawb yn deud mai fan yma ydi'r lle gora.'

Wyddwn i ddim sut oedd ateb hynny. Fedrwn i ond gwenu i mi fy hun. 'Deud wrtha i, pam y bluen?'

'Roedd Nhaid yn rasio colomennod. Fo a Nain wnaeth fy magu i.' Bu saib am ychydig wrth iddi ddewis ei geiriau'n ofalus. 'Mi fuodd o farw y llynedd. Ond mi fydda i'n gweld plu weithiau, a dwi'n siŵr mai fo sy'n eu hanfon nhw...' Chwarddodd yn ysgafn. 'Dwi'n swnio'n nyts, tydw?'

'Nag wyt, wir.'

'Fyddwn i byth wedi coelio'r peth ond mae'r plu yn ymddangos yn y llefydd rhyfedda. Roedd un yn fy mỳg yn y tŷ'r wythnos diwetha. Pluen berffaith, wedi'i gosod yn dwt mewn mỳg. Anhygoel.'

Wedi i mi orffen y tatŵ a'i orchuddio â chlamp o blastar, tynnodd Donna ei chrys-T yn ôl dros ei phen, a sefyll.

'Diolch,' meddai, gan wenu. 'Doedd o ddim hanner cynddrwg ag ro'n i'n ei ddisgwyl.'

'Gorchuddia fo efo eli peils tan y bydd o wedi crychu.'

'Be?'

'Eli at beils. Tydw i ddim yn siŵr pam, ond mae o'n help mawr i'r tatŵ fendio ac yn cadw'r lliwiau'n llachar.'

Gwridodd Donna, fel y byddai'r rhan fwyaf o ferched yn ei wneud pan fyddwn i'n sôn wrthyn nhw am yr eli arbennig hwnnw. Duw a ŵyr pa mor goch fyddai ei hwyneb wrth holi yn y fferyllfa amdano! Agorodd Donna ei phwrs a rhoi dau bapur ugain a phapur deg i mi. 'Diolch, eto,' meddai cyn troi, gan gario'i chôt a'i siwmper yn ei dwylo a diflannu i lawr y stryd, y bluen ar ei hysgwydd wedi'i chuddio gan ei chrys-T.

Roedd gweddill y dydd yn rhydd, a minnau wedi cadw'r prynhawn i mi fy hun i gael gweithio ar gynlluniau newydd. Roedd egin syniad yn fy meddwl... Rhywbeth newydd sbon, rhywbeth rhyfedd. Ar ôl prynu brechdan ham i ginio, eisteddais y tu ôl i'r ddesg, rhoi CD Bruce Springsteen ymlaen ac estyn am y papur a'r pensiliau lliw.

Lili oedd wedi rhoi'r syniad i mi, heb yn wybod iddi hi ei hun. Wedi gorlwytho un o silffoedd yr ystafell molchi â photeli bach o baent ewinedd, mi darodd y cwbl â'i brws gwallt un bore, a thorri pob un o'r poteli wrth iddyn nhw ddisgyn i'r sinc gwyn. Roedd hi'n hwyr i'r ysgol yn barod, a Jên eisoes wedi gadael am ei gwaith yn y caffi. 'Sorri, Dad! Mi wnei di ei llnau o i mi, yn gwnei?' Ac i ffwrdd â hi drwy'r drws am yr ysgol a gadael oglau ei phersawr y tu ôl iddi.

Bûm i bron â thorri fy mysedd wrth i mi godi'r darnau miniog o wydr o'r sinc. Rhoddais y cwbwl mewn bag plastig a'i roi yn y bin, cyn meddwl sut yn y byd byddai rhywun yn cael gwared ar lwyth o baent ewinedd oddi ar enamel gwyn?

Daliodd y sbloets yn y sinc fy llygaid. Coch, glas a phiws, ychydig o binc golau, a gwyrdd tywyll fel emrallt du. Roedd y patrwm yn berffaith, fel tasai rhywun wedi mynd ati i wneud sbloets perffaith o inc.

Y tu ôl i fy nesg yn y stiwdio, ceisiais ail-greu'r lliwiau hynny – y cyfuniad hyfryd, anhrefnus. Roedd hi'n dipyn o sialens – rhy berffaith, a doedd o ddim yn edrych yn ddigon anhrefnus, ond rhy anhrefnus a doedd o'n edrych yn ddim byd ond llanast.

Roedd y CD wedi chwarae deirgwaith a hanner a minnau wedi gorchuddio tudalen ar ôl tudalen â lliw pan ganodd y ffôn.

'Helô, Inc?'

'Fi sy yma.'

Jên, a'i llais yn swnio'n flinedig, fel byddai o bob amser y dyddiau yma. Sut lais fyddai hi'n ei ddefnyddio ar y ffôn pan oeddan ni'n dechrau canlyn? meddyliais. Fedrwn i ddim cofio.

'Ti'n iawn?'

'Yndw. Ti?'

'Yndw. Newydd greu pluen ar ysgwydd hogan o Sir Fôn.'

'Reit dda. Yli, fasa ots gen ti taswn i'n gwarchod i Helen o'r gwaith heno? Mae gynni hi ddêt, ac mae ei mam hi'n sâl.'

'Ia, iawn.'

'Piga rywbeth i swper i chdi a Lili, iawn?'

'Iawn.'

'Gwna'n siŵr ei bod hi'n gwneud ei gwaith cartref.'

'Ocê.'

Saib hir. Dychmygais ei hwyneb wrth iddi ddal y ffôn yn y gegin gefn yn y caffi bach, y peiriant coffi'n stemio o'i chwmpas.

'Hwyl 'ta.'

'Wela i di wedyn.'

Triais fy ngorau i ailgydio yn y cynllun lliwgar, ond rywsut, ar ôl siarad efo Jên, do'n i ddim mewn hwyliau i wneud.

DYDD SADWRN, GORFFENNAF 21

TYDW I DDIM WEDI dweud wrth Jên 'mod i'n sgrifennu'r cofnod yma. Mi fyddai cyfaddef hynna fel tasa hi wedi ennill, rywsut.

Roedd hi wedi gadael am y caffi y bore yma cyn i mi godi am wyth. Wn i ddim beth sy'n ei galw i adael mor gynnar. Mae hi'n mynnu nad ydi'r caffi'n brysurach nag arfer.

Jonathan Jones oedd i mewn heddiw – un o hogia tîm rygbi Bethesda, a'r unig gyhyr yn ei gorff o sy ddim yn cael ymarfer ydi'r un yn ei ben o. Mae'r patrwm Maori ar ei goes wedi cymryd tair sesiwn yn y stiwdio i'w orffen, a heddiw oedd yr olaf. Roedd yr amlinelliad wedi'i orffen erstalwm a dim ond llenwi'r patrwm efo du oedd gen i i'w wneud. Joban ddiflas o hawdd a'r patrwm yn un o'r rhai ro'n i wedi gwneud ei debyg ganwaith o'r blaen.

Roedd hi'n ddau o'r gloch erbyn i Jonathan ddod i mewn, a Ben, ei fêt, efo fo. Roedd y ddau'n amlwg wedi galw heibio'r King's Head ar y ffordd. Llenwodd y stiwdio ag ogla cwrw a ffags cyn gynted ag y cyrhaeddon nhw, a'u cyrff mawr sgwâr yn gwneud i'r stiwdio ymddangos yn fach.

'Owsi boi! Ti'n iawn? Barod amdana i?'

gofynnodd Jonathan yn llawer rhy uchel. Rhegais o dan fy ngwynt am iddo ddod â Ben efo fo. Roedd hi'n haws ei ddioddef ar ei ben ei hun.

Heb ofyn am wahoddiad, tynnodd Jonathan ei jîns a gorwedd ar y gwely, ei goes yn batrwm du a gwyn drosti.

'Wyt ti wedi bod yn rhoi'r eli arno fo?' gofynnais yn amheus.

'Pan dwi'n cofio, 'de.'

Ochneidiais yn uchel. Fo fyddai'n cwyno pan fyddai düwch y tatŵ yn pylu am nad oedd o wedi gofalu amdano.

Wnes i ddim trafferthu mân siarad wrth baratoi'r gwn a'r inc fel y gwnes i efo Donna. Roedd y cwrw wedi cael gwared ar nerfau Jonathan. Wrth gwrs, wedi i'r pin gyffwrdd ei groen, roedd y babi blwydd yn griddfan llawer mwy nag y gwnaeth yr hogan fach denau dros wythnos ynghynt. Rhegodd a thynnu wynebau.

'Dw inna'n ffansïo clamp o datŵ hefyd,' meddai Ben wrth edrych drwy'r llyfr o gynlluniau ar ffenest y stiwdio. 'Mi fydd Mam yn mynd i ben caets, ond Duw...'

Ben, meddyliais yn dawel. Tua phump ar hugain, yn treulio'i benwythnosau yn yfed, yn chwarae neu'n gwylio pêl-droed neu rygbi. Yn adnabyddus fel tipyn o gi – boi oedd wedi trin llawer o genod Bethesda fel baw. Ac eto, yn fabi Mam. Roedd o'n dal i fyw adre a byddai hi'n gwneud pob paned iddo, ac yn rhedeg bath iddo bob nos hyd yn oed.

Cael tatŵ er mwyn medru edrych fel ei ffrindiau fyddai Ben – am mai dyna oedd y ffasiwn. Patrwm Celtaidd neu batrwm Maori, neu rywbeth gwladgarol iddo fo gael ei fflachio i'r genod.

'Be wyt ti'n ei ffansïo?' gofynnais, gan dynnu'r nodwydd dros gnawd Jonathan a sychu'r inc a'r gwaed efo gwlanen. Rhegodd Jonathan.

'Pêl rygbi o'n i wedi meddwl. Efo "pleidiol wyf i'm gwlad" wedi'i sgwennu arni.'

Gwenais yn dawel i mi fy hun.

Roedd y rhyddhad wrth orffen y tatŵ yn deimlad ro'n i wedi bod yn ysu amdano ers tipyn. Syllodd Jonathan ar ei goes a dafnau bychain o inc a gwaed yn cydredeg i lawr at ei droed.

'Mae o'n grêt,' meddai'n ddiolchgar, cyn i mi orchuddio'r cyfan efo plastar.

Talodd heb gwyno, chwarae teg – efallai iddi fod yn joban ddiflas ond rhai mawr fel yna oedd yn talu'r biliau.

'Wyt ti isio gwneud apwyntiad, Ben, i gael

dy bêl rygbi?' gofynnais, gan gasáu bod ar ofyn pobol fel hwn. Ysgwyd ei ben wnaeth o, ac edrych wedi'i gornelu braidd.

'Mi wna i alw i mewn ar ôl i mi gael fy nhalu.'

'Ofn sy gen ti, 'de,' gwenodd Jonathan.

'Cau dy geg! Ffansi peint yn y Vic, Ows?'

Fy nhro i oedd edrych yn chwithig. 'Dim diolch, ma gen i fwy o waith i'w wneud y prynhawn yma.'

'Rhyngddo chdi a dy betha. Diolch iti, boi.'

Ac i ffwrdd â nhw, Jonathan yn hercian a Ben yn dwrw i gyd.

Hwyliais baned i mi fy hun a'i chario i gefn y stiwdio. Roedd hi'n ddiwrnod llwydaidd ond o leiaf roedd y glaw wedi peidio erbyn hyn. Agorais y ffenest a chlywed afon Ogwen yn sisial yn y cefndir. Fedrwn i ddim gweld y dŵr o'r fan hyn – roedd teras o dai yn y ffordd – ond roedd hi'n siŵr o fod yn byrlymu ar ôl glaw neithiwr.

Cawson ni storm fawr. Mellt a tharanau, a glaw yn gwneud sŵn ar y to nes fy neffro i o drwmgwsg. Cofiais fel y byddai Lili wastad yn deffro mewn storm pan oedd hi'n hogan fach ac yn dringo i'r gwely rhwng Jên a minnau. Byddai'r tri ohonon ni'n gorwedd yn glyd, yn gwrando ar y sŵn y tu allan, yn teimlo'n hollol saff.

'Wyt ti'n effro?' sibrydais wrth fy ngwraig.

'Yndw,' atebodd Jên, cyn troi ei chefn a chadw ei chorff yn bell oddi wrtha i. Fedrwn i ddim teimlo'i chynhesrwydd o gwbwl.

Erbyn i mi gau'r ffenest yng nghefn y stiwdio a mynd yn ôl at fy ngwaith, roedd fy mhaned wedi hen oeri.

Mi es i hwyl yn y prynhawn, yn creu cynllun o fôr-forwyn i ryw ddynes fyddai'n dod i mewn yr wythnos nesaf. Cefais drafferth i gael y cynllun yn iawn – roedd yn edrych yn rhy blentynnaidd, fel mewn ffilm gartŵn i blant.

Estynnais am bapur arall i weithio ar gynllun y bûm i'n meddwl amdano ers hydoedd. Du a gwyn fu'r ffasiwn mewn tatŵs ers tro byd – roedd yr inc lliw o safon isel ac yn pylu'n sydyn. Bellach, roedd inc gwell ar gael, ac ro'n i'n ysu am gael defnyddio pob mathau o liwiau.

Rhuban oedd y cynllun – rhuban hir a fyddai'n ffitio'n ddel i lawr braich neu goes, a degau o liwiau'n plethu drwyddo. Gwenais wrth ei weld yn datblygu, ac mor wahanol oedd o i bob dim arall.

Diflannodd y wên wrth gofio i Jên droi ei chefn ata i yn y gwely'r noson cynt. Edrychais ar y cloc. Roedd hi wedi chwech o'r gloch. Oedd Jên ddim yn poeni lle roeddwn i? Oedd hi ddim wedi meddwl ffonio?

Edrychais ar gynllun y rhuban – edrychai'n blentynnaidd ac yn hyll.

RO'N I WEDI BOD yn llygadu dyddiad heddiw yn fy llyfr bach ers wythnosau, a chwydd o dywyllwch yn tyfu ynof wrth feddwl am y peth. Mei Llan. Mi fyddai angen cryfder i wynebu hwnnw.

Dwi'n hanner ei gofio fo yn yr ysgol, ychydig yn iau na fi ac yn llawer clyfrach. Roedd o'n un o'r hogiau prin hynny fyddai'n wirioneddol hapus. Dim diddordeb mewn chwaraeon ond yn ddrymiwr da ac yn caru llyfrau. Byddai wastad â'i ben mewn llyfr, a dwi'n cofio iddo fo hudo'r athrawes Gymraeg wrth adrodd rhyw ddarn o farddoniaeth roedd o wedi'i ddysgu ar ei gof.

Prin wnes i siarad efo fo erioed. Wedi i ni'n dau adael yr ysgol, mi es i'n brentis efo boi tatŵs ym Mangor, a Mei i brifysgol i astudio i fod yn athro. Ond yn ôl yma daethon ni'n dau yn y diwedd, fi i agor y stiwdio, a fo i gymryd job yr athrawes Gymraeg roedd o wedi'i swyno flynyddoedd ynghynt. Priododd efo Menna, hogan glên o Dre-garth, a setlo mewn hen dŷ yn Llanllechid.

Ac wedyn, trawyd Menna'n wael, a hithau'n ddynes ifanc a heini. Cancr yn y gwaed, a dim ar gael i'w wella fo. Bu farw ychydig fisoedd yn ôl, y graduras, a gadael Mei yn y tŷ mawr ar ei ben ei hun bach. Ro'n i wedi clywed am y peth yn y pentre – wedi gweld yr arch yn yr hers yn crwydro'n araf heibio'r stiwdio ar ryw brynhawn Iau poeth.

Ond mae'n rhaid i mi gyfaddef i mi gael sioc pan glywais lais Mei Llan ar y ffôn tua dau fis ar ôl iddo golli'i wraig, a fedrwn i ddim dweud llawer wrtho heblaw ateb ei gwestiynau'n fyr. Wnes i ddim cydymdeimlo â fo, hyd yn oed, dim ond cytuno ar ddyddiad ei datŵ cyntaf.

Edrychai 'run fath ag y gwnâi o yn yr ysgol, heblaw bod ei wallt tywyll o'n dechrau britho ar yr ochrau. Roedd yn denau ac yn dal, a sbectol ffrâm dywyll ar ei drwyn.

'Ti'n fy nghofio i yn yr ysgol, Ows?' gofynnodd wedi iddo ddod i mewn.

Nodiais, yn synnu ei fod o'n fy nghofio i. 'Yndw, tad. Stedda i lawr, boi. Gymri di baned?'

Nerfusrwydd oedd hyn. Fyddwn i byth yn cynnig paned i gwsmeriaid.

'Na, dwi'n iawn, diolch.' Eisteddodd ar y soffa ledr ac ymestyn ei goesau. 'Braidd yn nerfus ydw i. Dwi'm yn dda iawn efo poen.'

'Tydi o byth cynddrwg ag rwyt ti'n disgwyl. Oes gen ti gynllun?'

Nodiodd Mei ac estyn i boced ei siaced ledr frown am ddarn o bapur.

'Neis,' meddwn, gan ei feddwl o go iawn y tro yma. 'Lle gei di o?'

'Fy mraich,' atebodd Mei yn bendant. 'Ti'n meddwl y medri di orffen o heddiw?'

'Dwi heb gymryd bwcings eraill drwy'r pnawn. Mi fydd hwn ar dy groen di erbyn heno.'

Wrth iddo eistedd ar y gwely, wedi tynnu ei siaced a thorchi llawes ei grys-T, es innau ati i baratoi'r inc a'r nodwyddau. Syllais arno wrth gopïo'r llun ar ddarn o bapur tresio. Edrychai i lawr ar ei lin, yn dawel. Teimlwn yn chwithig.

Wedi pwyso'r botwm ar y gwn tatŵs, ysgydwodd Mei ei ben. 'Iesgob! Y sŵn!'

Chwarddais yn ysgafn. 'Mae o'n treiddio i mewn i dy ben di, yn tydi.'

'Fysa hi'n bosib cael miwsig ymlaen? Neu'r radio?'

'Wrth gwrs.' Diffoddais y gwn a chroesi'r stiwdio at y cyfrifiadur. Roedd digon o ddewis o gerddoriaeth yn y cyfrifiadur. Do'n i ddim am rhywbeth rhy fywiog a gwyllt. Roedd angen tawelu meddwl Mei.

'Bob Dylan. Jest fo a'i gitâr.' Llenwodd y stiwdio â chordiau cyntaf un o'i ganeuon a rhoddodd Mei wên fach drist.

'Perffaith.'

Mae pawb yn ymateb yn wahanol i gael tatŵ: rhai yn gweiddi, rhai yn cau eu llygaid yn dynn, rhai yn brolio nad ydi o'n brifo o gwbwl. Ond ychydig iawn sy'n ymateb fel gwnaeth Mei Llan.

Wedi i mi gyffwrdd yn ei gnawd â'r nodwydd, ochneidiodd yn ddwfn ac yna, wrth i mi ddilyn siâp y llun ar ei fraich, gwenodd yn ysgafn, fel petai ei feddwl yn bell bell.

'Ti'n iawn?' gofynnais yn dawel.

'Yndw,' nodiodd heb edrych arna i.

'Chdi wnaeth y cynllun ar gyfer y tatŵ?'

'Na, mae o'n rhan o gerdyn post brynodd Menna pan aethon ni ar drip arbennig. Roedd hi'n gwirioni ar dylluanod.'

Ddywedais i ddim gair ond, yn sydyn iawn, teimlai'r tatŵ hwn yn bwysicach na'r rhai eraill, fel petai Menna'n fy ngwylio. Roedd y dylluan ar ei fraich yn bum neu chwe modfedd o hyd ac yn rhythu â'i llygaid mawr tlws. Roedd patrymau cywrain ar ei hadenydd, a chrafangau ei thraed yn finiog.

'Roedd yn ddrwg gen i glywed am Menna.'

'Diolch i chdi.'

Wrth i mi lunio'r amlinelliad ddywedodd Mei na fi 'run gair, dim ond gwrando ar Bob Dylan. Ymgollais innau yn y tatŵ. Medrwn ddeall pam roedd Menna wedi prynu'r cerdyn post hwn. Mi fyddai Lili wedi'i licio fo hefyd.

'Mae'r amlinelliad wedi'i orffen rŵan, Mei.

Dwi am gael paned cyn dechrau ar y lliwio, os ydi hynna'n iawn gen ti. Gymri di un?'

Edrychodd Mei ar ei fraich, ar y llun o dylluan fyddai'n rhan ohono am weddill ei fywyd. 'Mae o'n grêt, Ows.'

Roedd inc a gwaed yn llifo o'r tatŵ, a'r cnawd wedi cochi a chwyddo. 'Nac ydi, ddim eto. Ond unwaith y cawn ni liw ynddo fo, ac y bydd y chwydd wedi mynd i lawr...'

'Mae o'n union fel ro'n i'n ei obeithio.' Llyncodd Mei ei boer, cyn cymryd anadl ddofn, fel petai'n trio sadio'i hun. 'Basa coffi'n grêt, diolch. Llaeth, dim siwgr.'

Roedd Mei wedi codi pan ddes i 'nôl o'r gegin ac yn sefyll yn syllu ar y darluniau mewn fframiau yn y stiwdio. Edrychai ei fraich yn goch a phoenus dan amlinelliad ei datŵ newydd.

'Chdi sy wedi gwneud y cynlluniau hyn i gyd?' gofynnodd, gan gymryd y baned o'm llaw.

'Ia. Pan o'n i'n brentis, dyna fyddwn i'n ei wneud bob gyda'r nos – cynllunio tatŵs. Doedd gen i fawr o syniad bryd hynny, chwaith. Gwneud pethau i blesio fy hun ro'n i, yn lle meddwl beth fyddai pobol eraill isio.'

'Maen nhw'n anhygoel.'

'Diolch. Mae'r rhan fwyaf ohonyn nhw heb

eu defnyddio o gwbwl. Yr un rhai fydd pobol yn eu dewis, dro ar ôl tro.'

'Sut rai?'

'Pethau Cymreig, gwladgarol – draig goch, cennin Pedr, plu'r Prince of Wales, y math yna o beth. Mae sêr yn ofnadwy o boblogaidd. Ac enwau, wrth gwrs – enwau cariadon, neu eu plant.'

'Dwi'n cofio Mam yn deud mai dim ond morwyr a hwrod oedd yn cael tatŵs,' meddai Mei gan wenu'n drist.

'Basat ti'n synnu. Ychydig flynyddoedd 'nôl, mi ddaeth 'na ficer i mewn efo clamp o gynllun mawr i'w osod ar ei fraich.'

'Go iawn?'

'Wir i chdi. Roedd o'n datŵ del hefyd, fatha ffenest liw mewn eglwys. Y Forwyn Fair. Mae gen i lun yma'n rhywle.'

Wrth i ni yfed ein paneidiau, edrychodd Mei ar y cynlluniau ar y waliau, gan holi ambell gwestiwn a gwneud sylwadau clên. Ro'n i'n synnu bod y sgwrs rhwng y ddau ohonom mor hawdd. Fyddwn i byth wedi ystyried bod gan Mei Llan a finnau unrhyw beth yn gyffredin.

'Pa un ydi dy hoff gynllun di?' gofynnodd Mei, wrth osod ei fŷg gwag ar y bwrdd bach wrth y cyfrifiadur.

'Fy hoff datŵs ydi'r rhai sydd heb gynllun

o gwbwl. Ychydig o bobol sy'n dewis un o 'nghynlluniau i – mae'r rhan fwyaf yn dŵad â'u cynlluniau eu hunain. Ond weithiau, mi fydd rhywun yn dod i mewn efo hanner syniad ac yn gofyn i mi greu rhywbeth ar eu cyfer. Wedyn dwi'n cael mwy o ryddid ac mae'r tatŵ wastad yn edrych yn well.'

'Iesgob, mae'n rhaid bod pobol yn dy drystio di.'

Gwenais. 'Fel deudis i, anaml iawn bydd o'n digwydd.'

Roedd llawer o liwiau yn y tatŵ o'r dylluan – brown ac oren, a gwahanol fathau o felyn. Lliwiau'r hydref. Roedd y lliwio'n gywrain a mwynheais y sialens. Eisteddai Mei yn hollol lonydd wrth i mi ymgolli'n llwyr. Ro'n i wedi gwneud ei hanner o pan sylwais fod bochau Mei yn wlyb gan ddagrau.

'Ti'n iawn, boi?' gofynnais, er ei bod hi'n amlwg nad oedd o. Diawliais fy hun am fethu mân siarad.

'Mae o'n brifo,' atebodd Mei. Doedd ei lais o ddim yn ddagreuol.

'Wyt ti am i mi stopio?'

'Na, na. Mae o'n beth da.'

Do'n i ddim yn deall hynny ond ufuddhau wnes i, a dal ati.

Criodd Mei tan i mi orffen y tatŵ. Y llygaid

oedd olaf, y llygaid mawr melyn a fyddai'n syllu allan o'i fraich am weddill ei fywyd. Diffoddais y gwn tatŵs, a thawelodd y sŵn. Cododd Mei ei grys-T a sychu ei wyneb.

'Dyna fo, Mei. Wyt ti am gael cip arno fo cyn i mi roi'r plastar drosto fo?'

Edrychodd Mei ar ei fraich. Roedd y dylluan yn hyfryd – y lliwiau'n llachar ac yn dlws, a'r dylluan fel petai ganddi ei henaid ei hun, rywsut.

Gwenodd Mei drwy ei ddagrau a gwneud i mi fod eisiau crio.

Ar ôl iddo fynd, eisteddais wrth y ddesg a diffodd cerddoriaeth Bob Dylan. Roedd hi'n braf cael tawelwch am ychydig. Estynnais am bapur a phensil.

Am ryw reswm, bydd creu tatŵ da yn gwneud i mi ysu am gynllunio mwy – fel petawn i'n adennill fy ffydd a sylweddoli 'mod i'n dda yn fy ngwaith, er y cynlluniau hyll y mynnai rhai pobol eu cael ar eu cyrff. Rhai bach, syml oedd yn mynd â 'mryd i ar hyn o bryd, a'r rheiny oedd y gwerthwyr gorau. Coeden fach, a'i gwreiddiau'n estyn yn ddwfn. Gwyfyn glas golau, a'i llygaid yn ddu. Lili wen fach, ei choes yn denau a'i phen yn plygu'n dlws.

Ar ôl i Lili gael ei geni, un o'r pethau cyntaf wnes i oedd mynd yn ôl at fy ffrindiau yn yr hen stiwdio ym Mangor, a chael llun o flodyn lili yn datŵ i lawr fy mraich. Wedi i hwnnw gael ychydig o amser i wella, mi dynnodd Jên lun o'r babi bach newydd yn cysgu ar y fraich efo'r tatŵ – dwy Lili efo'i gilydd. Roedd y llun yn dal ar wal y gegin, a Lili'n llawn embaras fod ymwelwyr yn medru ei gweld yn fabi bach heb ddim amdani.

'Dylet ti gael un,' meddwn wrth Jên ar y pryd. 'Jest un bach, ar dy ysgwydd neu ar dy ffêr.'

'Dwi ddim angen tatŵ o Lili,' oedd ateb blinedig Jên. 'Mae gen i'r Lili go iawn. Tydi tatŵ ddim yn mynd i brofi 'nghariad i tuag ati – fy ngofal i fydd yn gwneud hynny.'

Gwnaeth hynny i mi wrido mewn embaras imi gael y tatŵ o gwbwl ond Jên oedd yn iawn. Doedd inc ar groen yn profi dim.

'Paid â 'ngham-ddallt i, dwi'n licio dy datŵ di,' gwenodd Jên, gan estyn ei llaw i fwytho fy moch. 'Jest 'mod i ddim yn teimlo'r angen i gael un fy hun.'

MI DDECHREUODD Y DIWRNOD fel pob dydd Sadwrn
arall. Diwrnod prysura'r wythnos yn y stiwdio
a'r llyfr yn llawn enwau. Boi o Fangor yn y
bore, eisiau logo Man U ar ei fraich, ei lygaid
o'n llenwi efo dagrau wrth i'r nodwydd grafu
ei groen.

Wedyn, dwy chwaer oedd am gael crwban
bach yr un ar eu traed chwith, er cof am anifail
anwes oedd wedi hen farw. Roedd y cynllun
yn rhy fach i fod yn sialens ond roedd y ddwy
yn genod clên ac ro'n i'n hoff o glywed eu
chwerthin yn llenwi'r lle.

Ar ôl cinio, daeth criw bach o'r ysgol i mewn
– criw oedd newydd orffen yn y Chweched ac
am gael dathlu'r misoedd o astudio trwy wneud
rhywbeth anghyfrifol, gwirion. Seren fach yr
un, wedi'i chuddio ar eu fferau – rhywbeth
i'w clymu nhw wrth ei gilydd yn y dyfodol.
Do'n i ddim am ddweud wrthyn nhw mai
testun embaras fyddai'r tatŵs wrth heneiddio,
gan mai ond am ychydig y bydd cyfeillgarwch
ffrindiau ysgol yn para.

Noson stêc ydi nos Sadwrn yn ein tŷ ni.
Fel yna y bu hi ers pan oedd Lili'n fach. Wrth
gerdded adref ar hyd stryd fawr Bethesda,

edrychwn ymlaen at fy nos Sadwrn, a'm dydd Sul yn rhydd. Chafodd Jên a fi ddim digon o amser yng nghwmni'n gilydd yn ddiweddar. Dyna pam roedd hi'n cilio oddi wrtha i yn y gwely ac yn gadael y tŷ yn y bore heb ffarwelio. Angen amser efo'n gilydd oeddan ni, fel yn yr hen ddyddiau. Roedd Lili wedi cyrraedd yr oed lle doedd hi prin adref ar benwythnosau, gan adael Jên a minnau ag oriau i'w llenwi. Fory, mi fyddwn i'n cynnig mynd â hi am dro i Gwm Idwal, dim ond ni'n dau. Fi fyddai'n gwneud y picnic a mynd â fflasg o goffi cryf fel roedd hi'n licio. Câi'r ddau ohonom gyfle i siarad yn iawn ac i ddal dwylo ar y ffordd yn ôl i'r car.

Doedd Jên ddim adref pan gyrhaeddais i ac felly ciciais y trenyrs i ffwrdd, a nôl potelaid fach o gwrw o'r oergell.

Roedd hi bron yn chwech o'r gloch arni'n cyrraedd adref, bag o siopa yn ei llaw a'i llygaid yn flinedig. Edrychodd arna i'n eistedd wrth fwrdd y gegin heb wên yn agos i'w hwyneb, a theimlais gryndod afiach yn fy mherfedd.

'Ti'n iawn? Ga i helpu chdi i ddad-bacio'r rheina?'

Gosododd Jên y bag i lawr wrth ei thraed heb dynnu ei llygaid oddi arna i.

'Dwi isio difôrs.'

Rhyfedd fel mae bywyd yn arafu ar eiliad

fel honno, fel tasa pob rhan o'r foment yn bwysig. Rydw i wedi ail-fyw'r peth ganwaith yn fy meddwl. Yn cofio'r olwg flinedig, galed yn llygaid Jên a'r ffordd ddiarth roedd hi'n sbio arnaf fi.

'Be?!'

Roedd fy llais i'n uchel ac yn cracio, a minnau'n dechra teimlo'n benysgafn. Fedrwn i mo'i choelio hi.

'Fedra i ddim gwneud hyn. Dwi isio chdi o 'ma, Ows.'

'Pam, Jên?' gofynnais, fy llais yn swnio'n ddiarth.

'Dwi wedi cael digon ar smalio bod pob dim yn iawn. Rydan ni'n dau'n gwybod nad ydi petha fel dylen nhw fod. Dwi'n sorri, Ows.' Edrychodd Jên ar y llawr fel petai hi'n crio.

Codais a theimlo braidd yn simsan ar fy nhraed. Mewn ychydig funudau, roedd fy myd i gyd wedi newid – fy nghegin, hyd yn oed, lle bûm i'n bwyta fy mhrydau bwyd ers pymtheng mlynedd, yn edrych yn od. 'Fedra i'm coelio dy fod ti'n deud hyn.'

'Wir?' Cododd Jên ei llygaid eto ac edrych arna i'n flin. 'Wyt ti'n meddwl ei fod o'n normal byw fel hyn?' Roedd hi'n flin efo fi a wyddwn i ddim pam. 'Ddim yn siarad efo'n gilydd? Byth yn caru?'

'Yndw!' Dechreuais innau wylltio rŵan. Roedd hi'n annheg. 'Dwi'n meddwl bod o'n hollol normal, fel mae'n digwydd! 'Dan ni efo'n gilydd ers pan oeddan ni yn yr ysgol, Jên. Bysa fo'n beth od tasan ni'n dal yn caru bob nos. Fel hyn mae bywyd priodasol – bodlon a thawel a digon digyffro...'

'Wel, dwi ddim yn 'i licio fo,' meddai, gan edrych fel dieithryn. 'Dwi am i chdi chwilio am rywle newydd i fyw, Ows.'

'Yli,' crefais, gan gasáu fy llais fy hun am swnio mor dorcalonnus. 'Do'n i ddim yn sylweddoli nad oeddat ti'n hapus. Mi wna i newid i chdi, Jên. Be bynnag wyt ti isio...'

'Mae'n rhy hwyr.' Ysgydwodd ei phen. 'Pan ddechreuon ni ganlyn, roeddat ti mor annwyl a chariadus...'

'Mi fedra i fod fel yna eto!'

'Ond dwi ddim isio dweud wrthat ti beth i'w wneud. Dwi jest... Dwi jest isio dy garu di fath ag o'n i bymtheng mlynedd yn ôl.'

Ro'n i'n teimlo fel taswn i newydd gael fy nharo.

'A' i i aros yn y stiwdio.'

Cerddais heibio iddi gan ofalu peidio â chyffwrdd ynddi.

'Paid â bod yn wirion. Arhosa fan yma tan i ti ffindio rhywle.'

'Dwi ddim isio bod yma os ma fel hyn rwyt ti'n teimlo.' Estynnais am fy ngoriadau a thynnu fy siaced amdanaf. 'Deuda wrth Lili lle ydw i.'

'Ti am adael i mi ddeud wrthi hi ar fy mhen fy hun?'

Trois yn ôl i wynebu fy ngwraig a theimlo fy nhymer yn poethi. 'Faswn i ddim yn gwybod be i ddeud wrthi! "Dwi'n caru dy fam, ond yn sydyn iawn dwi'n cael y bŵt ganddi".' Rhedais fy llaw dros fy wyneb, yn trio peidio â gweiddi. 'Pam na ddeudist ti wrtha i'n gynt bo' ti ddim yn hapus, Jên?'

'O'n i'n meddwl dy fod ti'n gwybod,' sibrydodd hithau.

Gadewais y tŷ a rhuthro i lawr am y stryd fawr. Roedd hi wedi nosi a'r bobol yn dechrau cadw sŵn yn eu cwrw. Teimlwn fel taswn i mewn hunllef a phopeth yn teimlo'n chwithig ac yn rhyfedd. Gelwais yn Spar am ganiau cwrw ac anwybyddu pawb wnaeth fy nghyfarch.

Roedd y stiwdio'n dywyll ac yn dawel wrth i mi eistedd o flaen y cyfrifiadur, a golau'r stryd yn llifo i mewn drwy'r ffenestri mawr. Medrwn glywed synau nos Sadwrn y tu allan ar y stryd: canu carioci gwael o'r Bull, genod yn chwerthin, dau gariad yn ffraeo dros fag o jips.

Roedd popeth ar ben.

Gadewais i'r dagrau lifo wedyn: rhai mawr, hyll, nes bod fy nghorff yn crynu a fy llais yn udo dros y stiwdio.

A ddyliwn i fod wedi sylweddoli?

Efallai fod Jên yn iawn nad oeddan ni bron byth yn caru – ond dyna fel roedd pethau ar ôl bod mewn perthynas mor hir, yntê? Ac efallai nad oeddan ni'n siarad fel roeddan ni'n arfer gwneud...

Be ddiawl ro'n i i fod i'w wneud rŵan?

Dwi'n dal yn y stiwdio.

Does 'na ddim byd yn teimlo'n iawn. Dwi'n dal yn gweithio, dal yn bwyta, dal yn ymolchi. Ond tydi'r gwaith byth yn stopio. Wedi i'r stiwdio gau, dwi'n cau'r bleinds ac yn dal ati i gynllunio, yn llenwi llyfrau efo lluniau newydd. Unrhyw beth i dynnu fy meddwl oddi ar fy ngwraig a Lili.

Daeth Lili i 'ngweld i ddoe ar ei ffordd adref o'r ysgol.

'Bitsh! Fedra i ddim coelio bod Mam yn gwneud hyn i ni!' poerodd, gan wneud i 'nghwsmer godi ei ben mewn syndod. Diffoddais y gwn tatŵs a syllu arni. Roedd hi'n sefyll yn y drws yn ei gwisg ysgol, ei hwyneb yn goch mewn tymer. 'Sut medri di ddal ati fel tasa pob dim yn iawn?'

Croesais yr ystafell ati a'i chymryd yn fy mreichiau. Dechreuodd Lili grio, gan wneud i minnau lyncu fy nagrau.

'Dwi ddim wedi ypsetio. Dwi jest yn flin.'

'Paid â gwylltio, cyw. Does dim pwynt.'

'Ond, Dad...'

'Cer i'r ystafell ymolchi i sychu dy ddagra. Mae rhaid i mi orffen y tatŵ yma.'

Nodiodd Lili'n ddewr a diflannu i'r cefn am ddeng munud tra ailgydiais yn fy ngwaith. Pan ddaeth yn ei hôl, gwenodd yn wan arna i, fel tasa ganddi gywilydd ei bod hi wedi crio.

'Paid â phoeni, cyw,' cysurais.

Edrychodd Lili o gwmpas y lle'n drist.

'Tydi fan yma ddim yn lle call i chdi fyw, Dad.'

'Dwi *yn* chwilio am rywle newydd,' meddwn yn gelwyddog. Ro'n i wedi edrych am fflatiau i'w rhentu ond byddai cael lle newydd yn gwneud popeth yn swyddogol, rywsut. 'Ond mae fan yma'n iawn am rŵan, 'sdi.'

'Ond ga i ddim dŵad i aros yma fel y byswn i tasa gen ti le iawn.'

Edrychais i fyny o'r tatŵ o benglog ar fraich boi o Lanberis. 'Fysat ti'n dŵad i aros efo fi?'

'Baswn, siŵr. Fedra i ddim sbio ar Mam ar hyn o bryd.'

'Lili...' Ceisiais gadw'r tensiwn o fy llais.

'Dwi methu dallt y peth, Dad. Mae hi'n nyts am gael gwared arnach chdi.'

'Am beth neis i ddeud am dy dad!' meddai'r boi o Lanberis, ond ddywedais i ddim gair. Do'n i ddim yn licio meddwl bod Lili a Jên yn ffraeo, er mor garedig oedd Lili wrtha i.

'Mi ga i fflat, Lili, gei di weld.'

'Falla fydd dim angen. Mae'n siŵr y daw

39

Mam at ei choed cyn bo hir.' Ysgydwodd Lili ei phen a syllu ar y tatŵ yn datblygu dan fy mysedd.

'Wyt ti'n meddwl?' gofynnais, yn casáu imi ofyn y ffasiwn gwestiwn i fy hogan fach.

'Gwneith, siŵr. Rŵan, ga i neud paned? Sgynnoch chi fisgedi?'

Lai nag wythnos wedi iddo gael ei datŵ cyntaf roedd Mei Llan yn ôl yn y stiwdio. Gwenodd arna i a gwres go iawn yn ei wyneb.

'Iawn, Mei? Ydi o'n mendio'n iawn?'

'Mae o'n grêt. Dwi wedi gwirioni efo fo. Mae o'n gwneud i mi deimlo'n well.'

Gwenais, yn falch fod tatŵ'r dylluan wedi gwneud rhyw fath o wahaniaeth iddo yn ei golled.

'Isio un arall ydw i.'

Llyncais fy mhoer, yn teimlo braidd yn chwithig. Ro'n i wedi gweld hyn ganwaith o'r blaen – pobl mor fodlon efo'i tatŵs cynta nes eu bod nhw'n mynd dros ben llestri ac yn gorchuddio'u cyrff i gyd.

'Gwell i ti gymryd ychydig fisoedd, Mei...'

'Plis, Ows.' Eisteddodd Mei ar y soffa gyferbyn â mi a diflannodd ei wên yn sydyn, fel petai'n tynnu'r mwgwd. Rhedodd ei fysedd trwy'i wallt. 'Plis. Dyma'r unig beth sy'n fy ngwarchod i ar hyn o bryd.'

'Dwi ddim isio i chdi wneud unrhyw beth y byddi di'n difaru.'

'Dwi'n methu cysgu, yn meddwl a meddwl drwy'r nos ac yn gyrru fy hun yn wirion.' Ysgydwodd ei ben mewn anobaith. 'Felly dwi'n eistedd wrth y cyfrifiadur, yn chwilio am gynlluniau newydd ar gyfer tatŵs. Mae o'n tynnu fy meddwl i oddi ar bethau...'

Nodiais yn dawel.

'A dwi'n methu siarad am y peth yn iawn efo neb, Ows. Mi wnes i fwynhau cael y tatŵ. Yr unig beth dwi wedi mwynhau ers...'

'Wyt ti wedi penderfynu ar gynllun?'

Edrychodd Mei ar y cloc ar wal y stiwdio. 'Mi ddo i 'nôl fory i drafod, os lici di. Mae hi'n hwyr ac mi fyddi di isio cau...'

'Na, mae'n ocê. Dwi'n aros yn y stiwdio tra dwi'n chwilio am le i fyw.'

Do'n i ddim wedi dweud wrth neb cynt. Dwn i ddim pam ro'n i wedi penderfynu dweud wrth Mei rŵan – am ei fod o mor onest, efallai, yn sôn mor anodd oedd pethau iddo fo.

'Sorri, Ows. Mae hynna'n swnio'n anodd.'

'Yndi, mae o.'

'Mae lle acw i chdi os wyt ti'n styc...'

Prin ro'n i'n nabod Mei a dyma fo'n cynnig

lle i mi fyw. Roedd ei garedigwydd yn codi lwmp yn fy llwnc. Ro'n i'n ddyn mewn oed yn cysgu yn fy stiwdio a rhywun fel Mei Llan yn teimlo bechod drosta i.

'Diolch am gynnig. Ond mae'r soffa acw yn ddigon cyfforddus. Mi wneith y tro tra dwi'n chwilio am rywle iawn.'

'Wel, does ond isio deud os byddi di'n newid dy feddwl. Ac mi gadwa i lygad ar Lili yn yr ysgol a gadael i ti wybod os bydd yna broblemau.'

Wrth gwrs, roedd Mei yn athro Cymraeg ar Lili.

Nodiais yn ddiolchgar a throi'r sgwrs yn ôl at y cynllun oedd ar feddwl Mei.

'Cyrn dwi isio tro yma... Cyrn carw, ar fy nghefn.'

'Anarferol,' meddwn, yn hoff o'r syniad. Anaml byddai rhywun yn dod i mewn i'r stiwdio â syniad gwreiddiol.

'Un go fawr y tro yma, ac yn ddu a gwyn.'

Nodiais, a theipio *deer antlers* i mewn i'r cyfrifiadur. O fewn eiliad, roedd rhesi o luniau ceirw wedi ymddangos. 'Rhywbeth fel yma, ia?'

'Dyna chdi,' cytunodd Mei, ei dristwch a'i golled wedi'u hanghofio am ychydig. 'Yn ymestyn allan am fy ysgwyddau.'

'Bydd o'n grêt,' meddwn, gan estyn papur a phensil a dechrau amlinellu pâr o gyrn. 'Mi wna i drio cael mymryn o deimlad y cyrn ynddo fo... gwneud cysgodion.' Medrwn ddychmygu'r tatŵ ar gefn main Mei, yn gryf dros ei gyhyrau. 'Gad o efo fi. Mi ro i ganiad i chdi, neu galwa i mewn yn ystod y dyddia nesa.'

Byddai'n datŵ gwych. Yn fawr ac yn gadarn, yn eithaf henffasiwn ond heb fod yn ddiflas. Tybed pam roedd o am gael cyrn carw ar ei gefn? Rhywbeth i'w wneud efo Menna? Fyddwn i byth yn gofyn a byddai'n esbonio petai am wneud. Gwneud i'r darlun edrych cystal â phosib oedd fy ngwaith i.

'Gymri di baned cyn i chdi fynd?' gofynnais. Gwridais wrth feddwl 'mod i'n swnio'n desbret am gwmni.

'Grêt!' cytunodd Mei ac eistedd ar y soffa, gan gymryd un o fy llyfrau yn llawn cynlluniau ar ei lin. 'Coffi, plis. Gwyn, dim siwgr.'

Pan ddois i 'nôl roedd o'n syllu ar dudalen do'n i ddim wedi edrych arni ers hydoedd. 'Maen nhw'n hollol wahanol i unrhyw datŵs a welais i cyn hyn.'

'Mi gynlluniais i'r rhain yn ystod fy obsesiwn efo tlysau. Ro'n i'n trio cael lliwiau rhuddem, saffir ac emrallt i mewn i'r tatŵs.'

Tynnodd Mei ei fys dros y cynlluniau. Siapiau deiamwnt mewn lliwiau llachar i gyd... modrwyau disglair... band o felyn euraid a fyddai'n edrych yn dlws ar arddwrn dynes.

'Maen nhw'n hyfryd.' Cododd Mei'r llyfr ar ei lin, edrych arnynt yn graff a throi'r tudalennau yn araf. 'Fyddwn i byth wedi dweud mai dyn greodd y cynlluniau yma.'

Gwenais yn drist. Ia, fi wnaeth y cynlluniau ar un o adegau hapusaf fy mywyd ac roedd hynny'n amlwg yn y darluniau.

Flynyddoedd yn ôl, a Jên a minnau wedi bod yn canlyn ers bron i flwyddyn. Yn treulio penwythnosau yn y Bull a'r Llangollen, cyn cerdded yn ôl i dŷ ei rhieni law yn llaw gan chwerthin ar bethau gwirion a stopio bob hyn a hyn i gusanu dan olau oren lampau'r stryd. Gorwedd yn ei gwely sengl ar foreau Sul a sŵn radio'i Mam yn crwydro i fyny'r grisiau. Trio bod mor dawel â phosib yn caru yn y gwely a chodi erbyn un i gael cinio dydd Sul. Minnau'n teimlo'n euog am i mi fod yn caru efo Jên tra oedd ei mam yn slafio dros y cyw iâr yn y gegin.

Rhyw bnawn dydd Sul a hithau'n wanwyn, denodd y gwres ni i fynd allan am dro. Hyd yn oed rŵan, mi fedra i gofio'n union beth oedd hi'n ei wisgo: jîns du tyn, siwmper goch efo botymau ar y blaen, a chlustlysau bach siâp dolffin yn ei chlustiau.

Cerddodd y ddau ohonom mewn tawelwch bodlon i lawr Ffordd Coetmor, gan adael y tai y tu ôl i ni a throedio'n araf i gyfeiriad y fynwent. Roedd y waliau bob ochr i ni'n drwch o eiddew ac roedd adar bach yn hel plu a brigau i wneud nythod. Roedd Jên yn dal fy mraich wrth gerdded ac mi fedrwn deimlo gwres ei chorff wrth fy ymyl.

'Dwi'n disgwyl.'

Fel yna dywedodd hi'r newyddion. Dim rhybudd, nac emosiwn, na dim. Stopiais ac edrych arni.

'Be?'

Edrychodd i fyny, ei llygaid glas 'run lliw yn union â'r awyr. Doedd hi ddim wedi brwsio'i gwallt ac edrychai fel petai newydd ddeffro. Nodiodd arna i, heb ddweud gair.

'Yn disgwyl babi?'

Nodiodd eto a chwilio fy wyneb i'n graff.

'Ond sut? O'n i'n meddwl dy fod ti ar y pil...'

Cododd Jên ei hysgwyddau a sbio i lawr yn drist, fel petai hi'n cael ffrae am wneud rhywbeth drwg. 'Mi o'n i. Mae'n rhaid nad ydyn nhw wedi gweithio.'

'Hei, hei!' Cyffyrddais yn ei hwyneb a chodi ei gên i edrych arna i. 'Paid â bod yn drist.'

Bu saib rhyngom am ychydig, wrth i ni syllu i fyw llygaid ein gilydd. Newidiodd fy nyfodol o fewn eiliadau, a'r llwybrau ro'n i wedi bwriadu eu dilyn yn chwalu. Ond mi lwyddon ni i greu llwybr newydd efo'n gilydd, Jên a fi.

'Babi bach!' gwenais ar Jên, gan dorri'r tawelwch.

'Ti ddim yn flin?'

'Blin?!' Gorfodais fy hun i chwerthin er nad oeddwn i'n hollol sicr sut ro'n i'n teimlo. 'Callia! Chdi a fi a babi bach. Mi fyddwn ni'n ocê, dim ond i ni sticio efo'n gilydd.'

Lapiodd Jên ei breichiau o 'nghwmpas i, yn dynn dynn fel tasa arni ofn 'mod i am redeg i ffwrdd.

'Blydi hel,' meddwn, yn hanner tynnu coes. 'Mi fydd dy dad yn hanner fy lladd i...'

Dim ond prentis oeddwn i ar y pryd, yn sgubo llawr a gwneud paneidiau mewn stiwdio tatŵs ym Mangor ond mi ro'n i'n cynllunio llawer bryd hynny hefyd. Wedi i Jên dorri'r newyddion imi, datblygodd obsesiwn yn fy nghynlluniau – tlysau a gemau gwerthfawr. Eisteddais ar y bws i Fangor un bore, fy llyfr sgetsys ar fy nglin a phensiliau yn fy llaw a sylweddoli pam ro'n i wedi bod yn creu lluniau o fodrwyau ers pythefnos.

Byddai'n rhaid i mi ofyn i Jên fy mhriodi i.

Na, na, doedd hynny ddim yn wir, chwaith. Ro'n i *eisiau* gwneud. Do'n i ddim yn gyfoethog nac yn glyfar, ond mi fedrwn drio gwneud un peth yn iawn. Mi wnawn i edrych ar ei hôl hi a'r babi.

Wedi i mi gael y syniad, des i o hyd i'r fodrwy berffaith – arian, syml, ac un garreg las tywyll ynddi – saffir. Roedd hi'n costio ffortiwn a wyddwn i ddim a fyddai hi'n ffitio bysedd main Jên ond mi brynais hi 'run fath a mynd â hi i'r gwaith y diwrnod wedyn.

'Dwi isio tatŵ newydd,' meddwn wrth fy mòs, ac yntau'n mwynhau ei goffi cynta'r bore.

'O, ia?'

'Dwi isio i ti wneud tatŵ o'r fodrwy yma ar fy mrest i, uwchben fy nghalon.'

Syllodd y bòs arna i dros ei fŷg, a chodi un ael. 'Ydi hyn yn meddwl beth dwi'n amau mae o'n ei feddwl?'

'Dwi am ofyn i Jên fy mhriodi i.'

Ysgydwodd y bòs ei ben mewn anobaith, a gosod ei fŷg ar y bwrdd. 'Ti'n nyts. Ti'm yn ugain oed eto.' Estynnodd y modrwy o fy llaw i a chraffu arni. 'Modrwy ddel, cofia.'

'Fedri di wneud o? Heddiw? 'Dan ni'n dawel, ac mae gen i bres...'

'Galwa fo'n anrheg dyweddïo. Mi dria i feddwl am gynllun.'

'Mae gen i'r cynllun.' Estynnais fy llyfr sgetsys a dangos iddo'r llun o'r fodrwy ro'n i wedi'i greu. Ro'n i'n hapus efo'r sgets ac roedd y saffir fel petai'n disgleirio.

'Mae hwn yn dda. Yn dda iawn, a dweud y gwir.' Edrychodd y bòs arna i, fel petai o'n sylweddoli am y tro cyntaf 'mod i'n dda i rywbeth arall heblaw glanhau'r llawr a golchi'r ffenestri. 'Mae hi'n anodd dod o hyd i gynlluniau da fel hyn. Mi faswn i'n licio gweld mwy ar dy lyfr sgetsys di. Mi dala i am bob cynllun byddwn ni'n ei ddefnyddio.'

Y noson honno, eisteddais ar wely bach Jên yn siarad. Ro'n i'n wirion o nerfus, y tatŵ yn llosgi ar fy mrest a'r bocs bach efo'r fodrwy yn teimlo'n drwm yn fy mhoced.

'Bydd rhaid i ni ddeud wrth Mam a Dad cyn bo hir,' meddai Jên mewn llais tawel, rhag ofn i'w rhieni glywed i lawr y grisiau. 'Mi fydda i'n dechra dangos. A bydd yn rhaid i mi weld doctor i drefnu sgans a ballu. Unwaith gwela i ddoctor, mi fydd pawb yn gwybod. Mae rhywun yn siŵr o 'ngweld i yn y clinig.'

'Jên,' meddwn, gan wybod mai dyma'r

amser iawn i ofyn iddi. Dechreuais ddad-wneud y botymau ar fy nghrys i ddangos y tatŵ newydd iddi.

'Be, rŵan?' ebychodd Jên, yn meddwl 'mod i isio rhywbeth arall, wrth dynnu fy nillad fel hyn. Yna, syrthiodd ei llygaid ar y plastar oedd yn cuddio'r tatŵ. 'Ti wedi cael tatŵ arall? Pam na wnest ti'm deud?' Ochneidiodd ac ysgwyd ei phen. 'Mi fyddan nhw dros dy gorff di i gyd, Ows – fydd dim ohonat ti ar ôl.'

Yn araf, tynnais y plastar a gwylio'i hwyneb wrth iddi weld y fodrwy saffir ar fy nghroen am y tro cyntaf. Gwelais ei thalcen yn crychu.

'Neis iawn,' meddai'n ansicr. 'Ond, Ows...'

'Aros funud,' meddwn yn gryg, cyn estyn i 'mhoced.

Cyn gynted ag y gwelodd hi'r bocs bach, fe wyddai Jên beth oedd yn digwydd.

'Ows!'

'Dwi ddim yn dda iawn am betha fel yma. Ond plis agor o, Jên.'

Agorodd Jên y bocs bach. Edrychai fel merch fach, wedi'i swyno'n llwyr. Yna, edrychodd unwaith eto ar y tatŵ newydd dros fy nghalon a'r cnawd yn dal wedi chwyddo o'i gwmpas.

'Dwi'n meddwl y byd ohonat ti, Jên. Plis, plis... prioda fi.'

'Oedd o'n brifo?'

Edrychais arni mewn penbleth.

'Be?'

'Y tatŵ, dros dy frest ti. Mae'n rhaid bod o wedi lladd...'

'Jên... Oes gen ti ateb i mi?'

Ymestynnodd Jên i'r bocs bach a nôl y fodrwy. Gwisgodd hi ar ei bys ac, yn sydyn, roedd ei llaw yn edrych yn hŷn, a'r fodrwy'n edrych yn anferth.

'Does dim rhaid i chdi wneud hyn, 'sdi. Fy mhriodi i, jest am 'mod i'n disgwyl. Dwi ddim isio i chdi briodi i mond am dy fod ti'n teimlo y dyliet ti.'

'Dwi ddim!'

Lledodd gwên fawr dros wyneb tlws Jên a llaciodd pob cyhyr yn fy nghorff mewn rhyddhad.

'Rydan ni'n mynd i briodi!'

Neidiodd ar y gwely a lapio'i breichiau o gwmpas fy ysgwyddau. Roedd y tatŵ newydd yn llosgi ar fy mron.

'Diolch i Dduw dy fod ti wedi cytuno neu mi faswn i wedi edrach yn rêl nob efo llun y fodrwy ar fy mrest am byth.'

Chwarddodd Jên a gorweddodd y ddau

ohonom ni gan wrando ar sŵn y teledu i lawr y grisiau, yn teimlo'n aeddfed ac yn wahanol wrth wybod bod popeth ar fin newid.

'I ble aeth dy feddwl di rŵan?' gofynnodd Mei gan ddod â fi 'nôl i'r presennol. Roedd y tatŵ yn dal yno, o dan fy nillad, ond wyddwn i ddim a oedd Jên yn gwisgo'r fodrwy.

'Fy meddwl i'n bell. Dwi wedi bod yn gweithio'n rhy galed.' Er cymaint ro'n i'n trio peidio meddwl am Jên, roedd hen atgofion fel hyn yn mynnu codi a 'nharo i oddi ar fy echel.

'Job ryfadd gen ti,' synfyfyriodd Mei yn feddylgar. 'Meddylia, mae dy farc di ar gannoedd o bobol o gwmpas y lle yma. Maen nhw'n gweld dy hoel di ar eu cyrff bob dydd. Ydi hynna'n deimlad anhygoel i chdi?'

Ysgydwais fy mhen. 'Rhan o rywbath mwy ydi tatŵs fel arfer, 'sdi. Bydd pobol yn eu cael nhw pan fyddan nhw'n drist iawn, yn hapus, neu'n poeni. Tydi pobol sy'n ocê ddim yn tueddu i'w cael nhw.' Nodiodd Mei, gan ddeall yn iawn. 'Ffordd o drio cadw gafael ar rywbath mae arnat ti ofn ei golli. Dyna ydyn nhw'n aml iawn.'

Sipiodd Mei ei goffi. 'Mae o'n lot i chdi, hefyd, yn tydi?'

'Be?'

'Ti'n gweld eithafion emosiynau pobol. Mae'n rhaid ei fod o'n anodd i chdi...'

'Dim ond tynnu'r llunia ydw i.'

Nodiodd Mei, ond doedd o ddim yn edrych yn siŵr a oedd o'n cytuno â fi.

Arhosais ar fy nhraed tan yr oriau mân i weithio ar gynllun y cyrn carw i Mei. Byddai'n beth braf gallu ei ffonio fo fory a dweud ei fod o'n barod. A dweud y gwir, roedd o'n tynnu fy meddwl oddi ar bethau eraill gan fod y llyfr cynlluniau'n llawn atgofion am yr adeg pan oedd Jên yn fy ngharu i.

Wedi rhoi'r cynllun i gadw a chael rownd o dost a photelaid o gwrw, gorweddais ar y soffa yn y stiwdio a'r dwfe'n dynn amdana i. Ro'n i'n teimlo'n fudr. Roedd dyddiau bellach ers i mi ymolchi'n iawn. Byddai'n rhaid i mi fynd i'r pwll nofio i gael cawod cyn bo hir.

Roedd hi'n anodd cysgu. Roedd gen i hiraeth am fy ngwely fy hun, y blancedi glân, a gwres fy ngwraig yn cysgu wrth fy ymyl.

DYDD SADWRN, AWST 11

CWPWL IFANC O FANGOR yn cyrraedd – dynes dal, denau a gwallt melyn syth yn hongian i lawr ei chefn yng nghwmni ei chariad golygus, cyhyrog.

'Enw wyt ti isio, ia?' gofynnais, gan gofio iddo ffonio ychydig wythnosau 'nôl. Nodiodd y dyn – Aaron oedd ei enw – heb wenu.

'Efo rhosyn yn ei ymyl o,' ychwanegodd y ddynes, a gwên fawr yn lledu dros ei hwyneb. Cynigiodd ddarn o bapur i mi a'r cynllun arno – 'Carys' mewn ffont italig crand, a rhosyn henffasiwn ar un ochr iddo. Ro'n i wedi gwneud degau o datŵs tebyg.

'Lle wyt ti isio fo?'

'Ar ei fraich,' atebodd y ddynes, a rhoddais wên fach wrth estyn yr inc. 'Dwi'n cymryd mai chdi ydi Carys.'

Gwenodd y ddynes yn hyderus a rhoi llaw gariadus ar fraich Aaron. 'Dyma 'mhresant pen-blwydd iddo fo. Mae o'n dri deg wythnos nesa ac mae o wedi deud erioed ei fod o isio tatŵ.'

'O, dyna fo 'ta.'

Tynnodd Aaron ei grys yn araf, a dangos brest a breichiau cyhyrog, brown. Ddywedodd o 'run gair.

53

'Bydd rhaid i mi eillio mymryn o dy fraich di, a rhoi'r cynllun yma drwy'r peiriant copïo. Ocê?'

Nodiodd Aaron heb wenu ond roedd y wên fawr yn dal ar wyneb Carys y tu ôl iddo.

Ro'n i wedi gweld hyn ganwaith o'r blaen. Cyplau, yn ansicr ond yn trio plesio'i gilydd, drwy gael tatŵs o enwau ei gilydd – fel tasa gwisgo enw rhywun ar groen yn golygu eu caru nhw am byth. Yn aml iawn, y ddynes fyddai dan y nodwydd, a rhyw ddyn yn hofran drosti. Ond dim heddiw.

'Ti wedi cael tatŵ o'r blaen?' gofynnais i Aaron, ac ysgydwodd ei ben.

'Dwi wedi bod yn trio meddwl beth i'w gael ers blynyddoedd. Mae o'n gorfod bod yn berffaith, tydi?'

'Yndi,' cytunais, cyn tynnu'r papur oddi ar ei groen yn ofalus a gadael yr inc glas yn siap y tatŵ. Do'n i ddim yn ffan o gynlluniau blodeuog, beth bynnag, ond roedd hwn yn un gwael – y petalau'n flêr a'r dail yn rhy berffaith. Roedd gen i lyfr cyfan o gynlluniau blodau oedd ganwaith yn well na'r cynllun hwn.

'Chdi ddewisodd y cynllun?' gofynnais, gan estyn y gwn inc ac eistedd yn ymyl Aaron.

'Carys.'

Gwenodd Carys.

'Mae'n rhaid bod petha'n siriys, dy fod ti'n gadael iddi neud penderfyniad mor fawr.'

'Rydan ni wedi dyweddïo,' atebodd Carys drosto. "Dan ni am briodi mewn blwyddyn... adeg Dolig. Coch a gwyn fydd y lliwia.'

'Neis iawn.' Rhwbiais y Vaseline dros ei fraich a pharatoi i ddechrau'r tatŵ. 'Pam rhosyn?'

'Pam ddim?' atebodd Carys, a chwerthin fel petai hi newydd ddweud y peth mwya digri erioed.

Dwn i ddim pam wnes i agor fy ngheg. Tydi o ddim o 'musnas i pa gynllun bydd rhywun yn ei ddewis. Efallai nad o'n i wedi cael digon o gwsg neu bod fy sefyllfa efo Jên yn rhoi pwysau mawr arna i.

Roedd Carys yn cymryd yr holl beth mor ysgafn. Dyna ddaru godi 'ngwrychyn i. Fel tasa rhywbeth a fyddai yno cyn hired ag y byddai byw yn ddim byd. Doedd hi ddim wedi ystyried oedd Aaron yn hoff o'r cynllun. Iddi hi, rhyw stori ddigri y câi ei hadrodd wrth ei ffrindiau dros lasiad o win oedd yr holl beth.

'Ti'm yn gorfod ei gael o, 'sdi,' meddwn i wrth Aaron. 'Tydi hi ddim yn rhy hwyr i newid dy feddwl.'

Trodd Aaron ac edrych arna i am y tro cyntaf. Roedd gen i ofn am eiliad ei fod o am roi dwrn i mi – 'mod i'n awgrymu ei fod o'n wan, yn gadael i'w gariad ddewis rhywbeth fyddai yno am byth.

'Dydi o ddim am newid ei feddwl, siŵr!' meddai Carys o ochr arall y gwely, yn amlwg wedi gwylltio efo fi. 'Mae o isio tatŵ ers blynyddoedd.'

'Gawn ni sbio ar gynllunia eraill os lici di. Neu drafod y peth a phenderfynu ar gynllun newydd. Rhywbath byddi di'n licio.'

'Cythraul digywilydd!' taranodd Carys, gan syllu arna i'n flin dros ysgwydd Aaron. 'Tydw i ddim yn ei orfodi fo i wneud dim byd. Fo sydd isio gwneud, am ei fod o'n fy ngharu i! Yntê, Aaron?'

Syllodd Aaron arna i am ychydig hirach. Roedd o'n synhwyro 'mod i'n gwybod na fyddai o'n dewis y ffasiwn datŵ ac y byddai o, fwy na thebyg, yn difaru erbyn bore fory. Ond nodio wnaeth o yn y diwedd a dweud, 'Well i chdi'i wneud o.'

Mi wnes i fel y dywedodd o, a Carys yn sbio'n ddu arna i drwy gydol yr amser. Ddaeth dim sbarc i lygaid Aaron wrth iddo weld y tatŵ gorffenedig, na gwên. Talodd ei bres a gadawodd y ddau.

Teimlad afiach ydi gwneud tatŵ dwi ddim yn ei hoffi. Mae o fatha taswn i heb ymolchi ers misoedd. Yn gwybod y byddai'r person yn cario craith ei gamgymeriad ar ei gnawd am weddill ei fywyd. Doedd hynny ddim yn ffordd o wneud bywoliaeth. Diolch byth am bobol fel Mei. Pobol oedd yn dod yma am y rhesymau iawn.

Ro'n i wedi dechrau dod i batrwm. Cysgu ar y soffa neu ar y gwely y byddai pobol yn gorwedd arno i gael eu tatŵs. Roedd gen i feicrodon a pheiriant gwneud tost yn y gegin fach, ac oergell i gadw llaeth, menyn a chwrw. Bob tridiau, mi awn i'r ganolfan hamdden, gan drio peidio â chymryd sylw o'r olwg ar wyneb yr hogan y tu ôl i'r ddesg wrth i mi dalu am gael cawod.

Fel arall, doedd gen i ddim byd i'w wneud, heblaw gweithio. O fore gwyn tan nos, os nad o'n i wrthi'n creu tatŵ, ro'n i'n cynllunio neu'n trio dychmygu ffyrdd newydd o osod inc ar groen.

Bob hyn a hyn, byddai Lili'n dod i 'ngweld i ar ôl ysgol. Roedd hi'n hapus yn y stiwdio, yn hwylio paned i bwy bynnag fyddai o gwmpas ac yn busnesu trwy 'nghynlluniau newydd.

Do'n i ddim yn gadael i mi fy hun feddwl gormod am bethau.

Ac yna, ymhen wythnosau, a minnau newydd orffen rhoi tatŵ o dderwen ar fraich rhyw hipi o Gerlan, agorodd drws y stiwdio. Edrychais i fyny a'i gweld hi'n sefyll yno, yn sbio arna i.

Jên.

'Ti'n brysur?' gofynnodd, heb wenu.

'Cwsmer ola newydd adael,' atebais yn gryg. Roedd hi'n edrych yn wahanol: yn deneuach, a'i llygaid yn flinedig.

'Ti wedi colli pwysa.'

'Dwi'n byw ar dost a bîns. Does gen i'm cwcyr yma.'

Ochneidiodd Jên, fel tasa hynny'n rhywbeth ddywedais i er mwyn ei herio hi. Teimlwn fy hun yn dechrau gwylltio. Pa hawl oedd ganddi hi i gerdded i mewn yma a minnau wedi colli pob hawl i gerdded i mewn i'w chartref hi? Doedd ganddi'n amlwg ddim byd clên i'w ddweud.

'Wyt ti isio rhywbath?' gofynnais, gan ei chasáu hi a chasáu fy hun hefyd am siarad mewn llais mor oeraidd efo rhywun ro'n i'n dal i'w charu.

Edrychodd Jên ar y llawr. 'Dwi'm isio i betha fod fel yma.'

'Sut arall medran nhw fod?'

Ysgydwodd Jên ei phen eto, yn union fel y gwnâi efo Lili pan fyddai honno'n ymddwyn yn chwithig. 'Ocê, os dyna wyt ti isio, Ows. Ond mae'n rhaid i ni siarad.'

Oedd hi yma i ofyn i mi ddod adre? Feddyliais i ddim am hynny. Ond unwaith y daeth y gobaith i 'mhen fedrwn i ddim cael gwared arno fo.

'Stedda,' meddwn wrth Jên yn dawel. Do'n i ddim am brocio ffrae os mai wedi dod i gymodi oedd hi.

Eisteddodd Jên ar y soffa ledr a gosod ei bag brown ar ei glin. Doedd hi ddim yn gyfforddus yn y stiwdio. Edrychai'n rhyfedd yma, fel tasa hi'n bodoli mewn byd hollol wahanol i'r un yn y stiwdio yma.

'Wyt ti wedi cael hanes fflat eto?' gofynnodd Jên.

'Naddo. Dwi wedi bod yn chwilio.'

Roedd hynny'n gelwydd noeth. Doedd gen i ddim diddordeb mewn symud.

'Wel, Ows...' Cododd ei llygaid i syllu arna i. 'Dwyt ti ddim yn chwilio'n ddigon caled.'

Doedd hi'n sicr ddim yma i 'ngwahodd i adre.

'Mae Lili angen treulio amser efo chdi.'

'O'dd hi yma ddoe. Am ddwyawr.'

'Tra oeddat ti'n gweithio, Ows. Tydach chi heb siarad yn iawn ers i ti adael.'

'Ers i chdi 'nghicio i allan, ti'n feddwl?'

Ochneidiodd Jên ond ddywedodd hi ddim gair.

Ro'n i mor flin. Efo hi, ia, ond efo mi fy hun am goelio'i bod hi fy eisiau i 'nôl. Bod ganddi rywbeth caredig i'w ddweud wrtha i.

'Felly... dwi'n ŵr gwael, yn dad cachlyd...

unrhyw beth arall y bysat ti'n lecio'i ychwanegu tra wyt ti yma?'

Cododd Jên, yn flin. 'Fedra i ddim siarad efo chdi pan ti fel 'ma...'

'Wsti be, Jên?' Teimlwn fy mochau'n dechrau poethi wrth imi wylltio. 'Ddeudist ti ddim gair dy fod ti'n anhapus cyn hyn. Wnest ti erioed gwyno amdana i fel gŵr, na sôn 'mod i'n dda i ddim fel tad. A rŵan, yn sydyn iawn, ti'n deud 'mod i wedi gwneud pob dim o'i le.'

'Yli, Ows,' fflachiodd llygaid Jên yn flin. 'Mi gei di aros yn fan'ma am weddill dy oes, yn flin ac yn chwerw tuag ata i. Neu mi gei di wrando. Mae Lili angen i ti gael cartref call. Mae hi isio dod i aros efo chdi, teimlo'i bod yn rhan o dy fywyd di. Os wyt ti methu derbyn hynny... Wel, dwyt ti ddim y dyn ro'n i'n meddwl oeddat ti.'

Y tro cyntaf i mi weld fy ngwraig ers wythnosau ac mi adawodd heb wenu unwaith.

Ro'n i'n flin. Fedrwn i ddim gwadu'r peth. Yn gandryll, a dweud y gwir, ei bod hi'n meiddio barnu pob un peth bach ro'n i'n ei wneud. Oedd hi'n meddwl nad oeddwn wedi sylwi ei bod hi'n dal i dynnu pres allan o'r cyfrif banc – y cyfrif ro'n i'n dal i roi 'nghyflog ynddo? Aeth mwy o bres i mewn iddo'n ddiweddar, wrth i mi weithio bob awr o'r dydd. Wnaeth hi ddim meddwl diolch am hynny, naddo?

Yn sydyn, do'n i ddim eisiau bod yn unig. Fedrwn i ddim diodde 'nghwmni fy hun. Do'n i ddim am feddwl am yr hyn ddywedodd Jên, cysidro a oedd rhyw wirionedd ynddo. Estynnais am fy siaced, diffodd y golau, a gadael y stiwdio.

Roedd blynyddoedd ers i mi fod mor feddw. Doedd o ddim yn fedd-dod braf, chwaith, yn ystwytho'r meddwl ac yn llacio'r cyhyrau. Gyda phob peint, teimlwn fy hun yn tynhau fel sbring, gan chwarae'r ffrae drosodd a throsodd yn fy meddwl. Gadewais i 'nychymyg liwio rhyw fymryn arno – smalio iddi edrych arna i'n llawn ffieidd-dra; ychwanegu ambell air creulon at yr hyn a ddywedodd hi go iawn.

Tydw i erioed wedi bod yn foi treisgar ond, heno, medrwn ddeall pam roedd pobol yn cwffio. Mi fyddai hi'n braf rhoi cweir i rywun neu deimlo dwrn caled yn fy wyneb er mwyn rhyddhau rhyw ychydig ar yr egni du y tu mewn i mi.

'Ows?'

Trois fy llygaid a gweld Mei yn sefyll wrth y bar, yn smart mewn crys a jîns du.

'Iawn?' Clywais fy llais meddw.

'Ows, ti wedi'i dal hi! O'n i ddim yn gwybod dy fod ti'n yfwr.'

'Dwi ddim,' atebais, a 'nhafod yn dew. 'Ond o'dd rhaid i mi.'

Roedd y Bull wedi prysuro heb i mi sylwi, a phobol ifanc yn sipian diodydd ac yn chwerthin ym mhob cornel. Sut na wnes i eu clywed nhw? Roedd cymaint o dwrw yma.

'Pam bod rhaid i ti?' meddai Mei, gan eistedd ar y stôl wrth fy ymyl.

'Jên wedi dod i'r stiwdio i hel ffrae. Does 'na'm byd dwi'n ei wneud yn ddigon da. Bitsh!'

'Mae'n amser i chdi fynd adre. Faint ti wedi'i gael?' Cododd Mei ar ei draed.

'Mae o yma ers cyn pedwar,' atebodd y barman drosta i, a rhoddais olwg fudr arno fo.

'Fi sy'n talu dy gyflog di, y coc oen!'

Cwffio. Dyna oedd ei angen arna i ac roedd y barman yn gofyn amdani...

Ond ysgwyd ei ben ddaru o. 'Does gen i ddim diddordeb mewn ffraeo, mêt. Gwneud joban o waith ydw i. Ti wedi cael digon.'

Teimlais freichiau cryfion Mei yn fy nhynnu ar fy nhraed ac roeddwn i'n rhy feddw i ddadlau. Gadewais iddo fy arwain o'r Bull, allan i'r stryd fawr. Roedd hi wedi nosi ac wedi oeri hefyd.

Bu'n rhaid i Mei chwilio 'mhocedi am oriadau'r stiwdio. Caeodd y bleinds yn ofalus ar ôl gwneud yn siŵr 'mod i'n eistedd yn saff ar y soffa. Yna, aeth i'r cefn i nôl llond mỳg o ddŵr.

'Mae'n rhaid i ti ei yfed o,' meddai, cyn ei osod o ar y bwrdd bach.

'Diolch,' atebais yn feddw.

Eisteddodd Mei ar y llawr, gan edrych arna i'n ddisgwylgar.

'Beth ddigwyddodd?'

'Jên.'

Yn sydyn iawn, diflannodd yr holl gasineb a'r tyndra yn fy nghyhyrau wrth feddwl peth mor drist oedd bod ei henw hi'n gallu torri 'nghalon i bob tro ro'n i'n ei ddweud o.

'Roedd hi yma, ac mi wnes i feddwl am eiliad ei bod hi am ofyn i mi ddod adra...'

Nodiodd Mei yn drist.

'Deud oedd hi 'mod i angen cael lle call i fyw, fel y gallwn gael Lili i aros.'

Bu saib am eiliad cyn i Mei ddweud, 'Ti'n meddwl bod ganddi hi bwynt?'

Ysgydwais fy mhen a blasu'r cwrw yng nghefn fy llwnc. 'Dwi'm isio blydi tŷ newydd, Mei. Dwi isio mynd adra.'

Nodiodd Mei eto a gwthio'r mỳg o ddŵr tuag ata i. Cymerais lond cegiad ohono a theimlo'r mymryn lleiaf yn well.

'Ows, ga i ddeud fy marn yn onest?' gofynnodd Mei. 'Dwi ddim yn meddwl bod Jên yn debygol o dy gymryd di 'nôl tra wyt ti'n aros yn y stiwdio, yn torri dy galon ac yn methu edrych ar ôl dy hun. Ti angen gwneud iddi syrthio mewn cariad efo ti unwaith eto.'

Hyd yn oed yn fy medd-dod, roedd hynny'n gwneud rhyw fath o synnwyr.

'Beth ydi'r petha da amdanat ti? Ti'n dad da. Mae gen ti fusnes llwyddiannus. Mae gen ti galon dda a ti'n foi clên. Meddylia am y petha yna, a sut y medri di wneud i Jên gofio hynny.'

'Ti'n ffrind go iawn, Mei,' meddwn yn feddw, gan obeithio y byddwn i'n cofio hyn yn y bore.

'Mae Jên yn llygad ei lle – rwyt ti angen lle call i fyw, a chael Lili i aros. Mae hi angen gweld bod gen ti fywyd hebddi hi. Ac Ows, paid â bod yn bigog efo Jên. Bydda'n glên.'

'Ond dwi'n ei chasáu hi!'

'Nag wyt, ti'n casáu'r sefyllfa.'

Cododd Mei ar ei draed, a syllu arna i. 'Mae'ch perthynas chi drosodd, ond tydi o ddim yn amhosib i chi ddechra un newydd sbon.'

'Dylsa chdi fynd yn gownselyr,' meddwn, gan olygu pob gair.

Chwarddodd Mei. 'Cer i gysgu rŵan, a'r peth cynta bora fory – ar ôl y Nurofen – cer i chwilio am le i fyw. Mi fydda i 'nôl yma prynhawn dydd Sadwrn i gael fy nhatŵ newydd a dwi ddim isio arlliw o hangofyr arnat ti bryd hynny.'

Gwenais a phwyso yn ôl ar y soffa. Gadawodd Mei ac roedd y stiwdio yn hollol dawel.

Fedrwn i ddim cysgu. Roedd geiriau Mei yn mynnu ailadrodd eu hunain drosodd a throsodd. 'Mae'ch perthynas chi drosodd.' Dyna ddywedodd o. Ac roedd o'n iawn. Ro'n i'n dal i garu Jên, felly mi wnawn fy ngorau i ddechrau o'r newydd efo hi ond roedd ein priodas wedi dod i ben.

Codais o'r soffa a baglu fy ffordd ar draws y stiwdio i weithredu'r syniad gwallgof ddaeth i 'mhen i. Yn fy niod, roedd gwneud hyn yn teimlo'n bwysig.

Wnes i 'rioed wneud tatŵ arnaf fi fy hun cyn hyn. Inc du a'r gwn tatŵs. Dyna'r cyfan oedd ei angen. Na, na – plastar hefyd, un o'r rhai crwn yna yr arferwn ei roi ar bengliniau Lili pan oedd hi'n hogan fach ac wedi disgyn oddi ar ei beic. Gosodais y plastar yn ofalus ar fy ngarddwrn, ychydig yn uwch na lle roedd wyneb fy watsh.

Pwyso'r swits ar y gwn tatŵs a gwrando ar y sŵn, fel gwenyn blin yn llenwi'r stiwdio. Pwyso'r gwn ar fy nghnawd a theimlo'r boen yn boeth ar fy mraich. Roedd hi'n braf gallu teimlo rhywbeth eto.

Erbyn i mi ddiffodd y gwn tatŵs a baglu 'nôl draw at y soffa i gysgu, roedd gen i gylch du ar fy ngarddwrn – atalnod llawn. Y saib rhwng dwy frawddeg. Arwydd o ddiwedd rhywbeth.

Ro'n i'n rhy feddw a blinedig i orchuddio'r tatŵ newydd efo plastar, ac erbyn y bore roedd y bêl ddu wedi'i hamgylchynu gan gochni, a'r inc a'r gwaed wedi rhedeg i lawr fy mraich.

BYDD TUA HANNER y tatŵs dwi'n eu gwneud yn rhai i goffáu rhywun. Ffordd o gofio ffrind neu aelod o deulu, neu anifail anwes hyd yn oed. Mae pobol yn cael cysur mawr dan y nodwydd a'r inc.

Dynes yn ei phedwardegau oedd Kim. Daeth i mewn ddoe ar fore Mawrth glawog, wedi iddi ollwng ei phlant yn yr ysgol. Pasiodd y darn papur a chynllun ei thatŵ arno i mi. 'Ar fy ffêr, plis.'

Roedd o'n hyll – patrwm sgwarog o liwiau brown, oren a melyn, fel y trowsusau byddai golffwyr yn eu gwisgo erstalwm. Copïais y patrwm ar y papur tresio a'i bwyso ar ei chroen. Ofynnodd hi ddim a oedd o'n mynd i frifo, a wnaeth hi ddim troi i ffwrdd wedi i mi droi'r gwn ymlaen.

'Mae o'n anghyffredin,' meddwn, gan ddechrau ar y tatŵ.

'Roedd ganddo fo siwmper fel yna. Ro'n i'n tynnu ei goes o amdani o hyd.' Gwenodd Kim yn drist. 'Mi fydda fo'n chwerthin tasa fo'n fy ngweld i rŵan.'

Gwenais innau, gan sylwi ar y band aur ar ei bys priodas. Roedd hi'n ifanc i fod yn weddw.

'Na,' meddai Kim yn dawel, wrth fy ngweld i'n sbio ar ei modrwy. 'Dim y gŵr. Mae o yn y gwaith.'

Trois fy llygaid at y tatŵ. 'Tydi o ddim o 'musnas i.'

'Ddaru ni erioed wneud dim byd.' Gorchuddiodd Kim ei llygaid gwlyb â'i dwylo. 'Dim ond cael paneidiau a mynd am dro. Ond... roedd rhywbath yna. Rhywbath mawr. A rŵan, a fynta wedi mynd, fi ydi'r unig un yn y byd sy'n dallt sut deimlad oedd o...'

Wnaeth yr un o'r ddau ohonon ni siarad wedyn, tan ar ôl i mi orffen y tatŵ. Er iddo edrych mor hyll ar bapur...

'Mae o'n berffaith. Mae o'n eich siwtio chi, rywsut. Yn edrych yn iawn.'

Nodiodd Kim heb edrych arna i ac erbyn iddi adael y stiwdio, ei thatŵ wedi'i guddio o dan ei hosan a'i bŵts, edrychai fel unrhyw fam arall, heb gyfrinach yn y byd.

Roedd y caffi wedi tawelu ar ôl cinio a'r oglau coffi cyfarwydd yn cynhesu'r lle. Do'n i ddim wedi bwyta eto – roedd fy mol i'n troi gormod.

Safai Jên a Ruth, ei chyd-weithwraig, y tu ôl i'r cownter pan gerddais i mewn. Stopiodd

Jên droi'r dŵr yn y tebot wrth iddi 'ngweld i a gwgodd Ruth fel taswn i'n drewi. Llyncais fy mhoer a cherdded at y cownter.

'Sorri dy styrbio di yn y gwaith,' meddwn wrth Jên, gan orfodi fy hun i wenu, er bod y ffordd roedd ei gwallt yn dianc o'i phoni-têl yn ddigon tlws i dorri 'nghalon i. 'Oes gen ti funud?'

'Ocê,' nodiodd Jên, yn ansicr am 'mod i mor glên. Plethodd Ruth ei breichiau dros ei chanol fel tasa hi eisiau dadlau ond cau ei cheg wnaeth hi.

'Meddwl oeddwn i, tybed pryd y basa'n gyfleus i mi fynd draw i'r tŷ i nôl ychydig o 'mhetha? Dwi'n symud wythnos nesa, ti'n gweld...'

'Tŷ newydd?' Trodd Jên ei llygaid i edrych arna i, yn amlwg wedi synnu.

'Hen dŷ, a deud y gwir. Un o'r rhai bach ym Mraichmelyn. Dim ond rhentu fydda i, ond mi fydd gen i ddigon o le i Lili fedru cael ei llofft ei hun.'

Bu saib rhwng Jên a minnau. Byddwn i wedi medru dweud wrthi mai hi oedd yn iawn, bod angen i mi gael cartref newydd. Ond wnes i ddim. Mi fyddai Jên wedi medru gwneud rhyw sylw cas ei bod hi'n falch 'mod i wedi callio a gwrando arni. Ond wnaeth hi ddim.

'Iawn, ia siŵr. Dos draw pryd bynnag lici di. Wyt ti am i mi bacio petha i ti? Dillad a ballu?'

'Na, mae'n ocê. Mi sortia i bob dim.'

'Iawn. Mae'r tywelion yn y cwpwrdd crasu – dos â hanner dwsin ohonyn nhw.'

'Diolch.'

'A chynfasa gwely i Lili... Dos ag unrhyw beth ti angen. Llestri. Petha 'molchi.'

Fedrwn i ddim ateb, dim ond nodio. Roedd o'n llawer haws gweiddi arni. Roedd bod mor agos ati, a hithau mor glên, yn gwneud i'r hiraeth chwyddo'n falŵn yn fy stumog i.

'Ella yr a' i draw dydd Llun tra byddi di yn y gwaith a Lili yn 'rysgol.'

'Wedi heirio fan wyt ti?'

'Na, mae Mei Llan wedi gaddo benthyg ei fan i mi.'

Nodiodd Jên. 'Boi clên ydi Mei Llan. Mi fedra i weld sut ydach chi'ch dau wedi dŵad yn ffrindia.'

Doedd yna ddim byd mwy i'w ddweud. Ro'n i wedi medru mynd ati a chael sgwrs heb wylltio na gweiddi. Gwenodd y ddau ohonom yn drist ar ein gilydd wrth ffarwelio, a tydw i ddim yn meddwl i mi fod mor drist erioed ag ro'n i wrth gerdded i lawr stryd fawr Bethesda yn y glaw, ac wyneb caredig Jên wedi'i losgi yn fy nghof.

'Dwi angen gorchuddio hwn,' meddai'r dyn, gan godi'i lawes i ddangos y gair 'Mam' ar groen ei fraich. Ro'n i wedi gweld yr un math o beth ddegau o weithiau o'r blaen – tatŵs bach blêr, a'r llythrennau'n anwastad.

'Dim problem. Mae o'n ddigon bychan. Mi ddylai fod yn hawdd ei guddio fo efo rhywbath arall. Sgynnoch chi syniadau?'

Roedd y dyn tua hanner cant, yn ôl ei olwg, a'r gwallt coch ar ei ben yn dechrau teneuo. Gwisgai jîns a siaced ddenim, a chlustlws yn ei glust chwith.

Doedd o ddim y math o foi fyddai'n arfer dod i holi am gael gorchuddio tatŵs. Dynion mewn siwtiau fyddai'r rheiny, yn gwneud eu gorau i guddio pob olion o'r rebel oeddan nhw'n iau. Fyddai pobol fel hwn – Jo oedd ei enw fo – byth yn trafferthu.

'Ro'n i yn y fyddin,' esboniodd Jo. 'Roedd gan un o'r hogiau botelaid o Indian inc a nodwydd...'

'Dwi'n gyfarwydd efo'r stori,' gwenais. 'Mae gen i lyfrau o gynlluniau draw fan yna, neu mi alla i wneud un yn arbennig os mai dyna ydach chi isio.'

Nodiodd Jo, cyn setlo ar y soffa i sbio drwy'r llyfrau. Ro'n i wrthi'n gweithio ar gynllun o gelyn a phlu eira i ryw hogan o

Ddeiniolen. Felly, trois yn ôl at hwnnw wrth i Jo chwilota.

Fuodd o ddim wrthi'n hir. 'Fy nghariad i sy ddim yn licio'r tatŵ. Tydw i byth yn meddwl amdano fo. Mae hi'n deud ei fod o'n gwneud i mi edrych yn ryff.'

'Mae llawer o bobol yn meddwl bod tatŵs yn gwneud i bobol edrych yn ryff.'

'Mae hi'n meddwl y byddai'n well cael rhywbath taclusach. Tydi hi ddim yn tynnu ymlaen yn dda iawn efo Mam. Dwi'n meddwl mai gweld yn chwith bod gen i ei henw hi mae hi.'

'Efalla wir.' Wrth gwrs, ro'n i'n ysu i ddweud bod ei gariad o'n swnio fel hen jadan ac y bydda fo'n saffach yn sticio efo'i fam a'i datŵ bach blêr. Ond eisiau clust i wrando oedd o, nid darlith.

'Un deg wyth o'n i pan es i i'r fyddin. Tro cynta i mi adael cartra, a meddwl 'mod i'n ddyn. Ond pythefnos gymrodd hi nes bod yr hiraeth yn dechra corddi ac mi frifodd fel poen bol. Nid fi oedd yr unig un, cofia. Efalla fod rhai o'r hogia yn gweld isio'u ffrindia neu eu cariadon, ond yr hiraeth am ein mamau oedd yn brifo'n fwy na dim.'

Nodiais yn araf, fel petawn i'n dallt.

'Felly pan ges i'r tatŵ bach blêr yma... Roedd

o'n dŵad o'r galon. Roedd o'n gysur go iawn i feddwl ei bod hi yno, ar fy mraich i.'

'Ddylet ti ddim cael gwared arno fo os ydi o'n golygu cymaint â hynny i ti,' meddwn yn dawel.

'Ond mae 'nghariad i wir yn ei gasáu o,' ochneidiodd Jo. 'Pan ddois i 'nôl ar *leave* a dangos y tatŵ i Mam, mi ddaru hi ddwrdio'n ofnadwy a gofyn beth wnaeth i mi wneud peth mor wirion. Ond go iawn, mi fedrwn weld ei bod hi wedi gwirioni.'

'Wel, pam na wnei di 'run fath eto, 'ta? Os mai tatŵ taclus mae dy gariad am i ti ei gael, mi fedri di gael "Mam" mewn llythrennau mawr twt, dros yr un sgen ti rŵan.'

Ystyriodd Jo y peth.

'Neu rywbath mwy personol. Hoff flodyn dy fam, neu ei hoff olygfa...'

Nodiodd Jo yn araf. 'Ia. Ia! Fydd fy nghariad i ddim yn hapus ond fydd ganddi hi ddim lle i gwyno, chwaith.' Gwenodd Jo am y tro cyntaf ers iddo ddod i mewn i'r stiwdio. 'Hei! Wyt ti'n meddwl y basat ti'n gallu creu coeden? Mi blannodd Mam a minna goeden afalau yn yr ardd pan o'n i'n hogyn, ac mae hi wedi tyfu'n fawr. Taswn i'n tynnu ffotograff, fasat ti'n medru ei chopïo hi?'

Awr yn ddiweddarach, roedd y ffotograff ar

fy nesg a chyn i'r stiwdio gau'r noson honno roedd gan Jo datŵ mawr o goeden afalau hyfryd ar ei fraich. Roedd o'n edrych yn grêt – y pren yn frown golau a phob mathau o wyrdd yn y dail. Ac ar y boncyff, fel tasa rhywun wedi'i grafu i mewn i'r pren, roedd 'Mam', yn flêr mewn hen Indian inc.

'Unrhyw beth wyt ti isio,' meddwn yn bendant, gan edrych ar wyneb Lili i drio gweld ei hymateb hi.

Roedd y llofft yma'n fwy na'r un oedd ganddi adre ond roedd yn edrych braidd yn noeth efo dim byd ond gwely sengl wedi'i wthio i un cornel. Roedd y tŷ i gyd wedi'i beintio'n wyn, oedd yn gwneud i bopeth edrych yn blaen ac yn foel.

'Ga i bapur wal?' gofynnodd Lili.

'Cei, tad. Awn ni i'r siop ddydd Sadwrn i'w brynu fo, os lici di.'

'Oes gen ti linell ffôn? Fedra i gysylltu efo'r we yma?'

'Pob dim wedi'i sortio, Lils. Dwi isio prynu desg i chdi fedru gwneud dy waith cartref ond dwi am i chdi ddewis un. Mi faswn i'n siŵr o ddewis y peth anghywir.'

Gwenodd Lili arna i. 'Dwi'n licio fan yma.'

'Reit dda. Rŵan, tyrd i gael swper.'

Rhywsut, ro'n i wedi gallu cofio mai *lasagne* oedd hoff bryd bwyd Lili ac wedi trio'i wneud o am y tro cyntaf erioed ar ôl dilyn rysáit ar y we. Mymryn o salad allan o becyn a bara garlleg o Spar ac roedd y cyfan yn edrych fel gwledd ar ganol y bwrdd.

'Ddim chdi wnaeth hwn!'

Syllodd Lili'n gegagored ar y bwrdd, cyn setlo ar un o'r cadeiriau.

'Galwa fi'n Jamie Oliver,' atebais â gwên, wrth dywallt glasiad o lemonêd yr un i ni a gweini'r bwyd ar blatiau patrymog henffasiwn a gefais o siop elusen.

Er nad oedd o'n blasu cystal a *lasagne* Jên, llowciodd Lili'r cyfan a llwytho'i phlât am yr eildro. Wnaeth hi ddim stopio siarad – sôn am ryw ffrae ymysg ei ffrindiau oedd hi, am un ffrind yn snogio cariad y llall.

'Ydi petha'n well efo dy fam a chditha?' gofynnais yn bwyllog.

Nodiodd Lili. 'Dwi'n ei chasáu hi achos yr hyn mae hi wedi'i wneud. Ond does gen i mo'r help 'mod i'n ei charu hi, Dad.' Edrychodd i fyny arna i. 'Wyt ti'n meindio?'

'O, Lils,' ysgydwais fy mhen. 'Dwi isio i chdi garu dy fam, siŵr. Mae hi'n ddynes dda. Paid â'i chosbi hi.'

Gwenodd Lili'n ddiolchgar, cyn troi 'nôl at ei bwyd.

'O'dd hwnna'n anhygoel, Dad.' Eisteddodd Lili yn ei chadair a gorffwys ei dwylo ar ei bol llawn. 'Ti wedi fy synnu i.'

'Dyliwn i fod wedi coginio mwy pan o'n i adra,' atebais, a syllodd Lili arna i dros y bwrdd.

'Paid â meddwl am betha felly. Rwyt ti'n gwneud yn grêt rŵan, yn dwyt? Mi wna i dy helpu di i addurno'r tŷ a ballu. Penwythnos yma, os wyt ti isio.'

'Ti'n siŵr?' gofynnais, yn gwybod mor werthfawr oedd penwythnosau pan oedd rhywun yn bedair ar ddeg.

'Gwnaf, tad. Mi wnawn ni ddewis lliwiau, a chlustogau a ballu. Mi fydd y lle'n glyd braf cyn bo hir.'

'Diolch, Lils.'

Daliodd i barablu pa liw fyddai'n gweddu i ba ystafell a ballu. Ond roedd y 'diolch' wedi dod o waelod fy nghalon. Roedd Lili'n gwneud pethau'n gymaint haws.

DYDD GWENER, HYDREF 19

'YDI'R CYRN CARW YN gwella?'

Stopiais yn sydyn wrth weld yr olwg ar Mei. Roedd ei lygaid yn flinedig ac yn goch, ei groen yn welw, a'i ddillad yn flêr a chrychog.

'Ma golwg y diawl arnach chdi.'

'Diolch.'

'Ti'n iawn, 'ta?'

'Caria di mlaen.'

Eisteddodd Mei ar y soffa ac edrych drwy'r llyfrau o gynlluniau, er y medrwn weld nad oedd o'n cymryd fawr o sylw, chwaith.

Cymerodd hi ryw hanner awr i mi orffen y casgliad o sêr ar ysgwydd y ferch ifanc, er iddi gwyno droeon nad oedd hi'n medru diodde'r boen. Ar ôl iddi dalu a gadael, trois at Mei.

'Be sy?'

'Dwi angen tatŵ arall. Ti'n rhydd heddiw?'

'Slofa lawr, Mei. Tair wythnos sy ers i chdi gael y cyrn carw ar dy ysgwyddau.'

'Plis, Ows. Dwi *angen* hyn.'

Eisteddais wrth ei ymyl. Welais i erioed mohono fel hyn o'r blaen.

'Wyt ti ddim i fod yn 'rysgol?'

'Ro'n i'n methu mynd heddiw... Dwi heb gysgu. Bob tro bydda i'n cau fy llygaid, mae Menna yno... A phan dwi *yn* cysgu, dwi'n breuddwydio ei bod hi yn fy ymyl yn y gwely.'

Wyddwn i ddim beth i'w ddweud.

'Ac wedyn, pan dwi'n deffro, Ows... Mae'r siom nad ydi hi yno...'

Methodd ddod o hyd i'r geiriau i ddisgrifio'i deimladau.

'Ella nad ydi hi'n syniad da i ti gael tatŵ ar gyn lleied o gwsg.'

'Plis, mêt. Dyma'r unig beth sy'n tynnu fy meddwl i oddi ar betha. Neithiwr, yr unig beth fedrwn i wneud oedd meddwl am gynlluniau newydd.'

Rhwbiais fy llygaid. Do'n innau ddim wedi cael noson ry dda, chwaith. Y tŷ newydd yn dal i deimlo'n ddieithr.

Estynnodd Mei i'w boced a phasio'r darn papur i mi. 'Dyma fo. Dwi isio fo'n fwy. Yn ymestyn o fy ysgwydd at fy ngarddwrn.'

Llinell oedd hi – llinell las, gam, a rhai darnau'n llydan a rhai'n gul. Agorai'n llydan fel ceg ar un pen.

'Fan yna ma'r aber,' esboniodd Mei, gan bwyntio at y darn llydan. Ysgydwais fy mhen, ddim yn deall.

'Afon Ogwen ydi hi. Mi wnes ei chopïo oddi ar fap. Y darn llydan ydi'r aber, lle mae hi'n llifo i'r môr.'

Wrth gwrs, roedd yn amlwg ar ôl iddo ddeud.

'Welais i rioed datŵ tebyg yn fy myw. Ac anaml bydda i'n dweud hynna.'

Gwenodd Mei yn wan. 'Roedd Menna'n caru afon Ogwen, 'sdi. Byddai hi'n mynd i lawr yno am dro bron bob nos pan fyddai hi'n braf. Mi ddeudodd wrtha i ryw dro y bysa hi'n rhoi Ogwen yn enw canol ar ein plant ni.' Cuddiodd ei wyneb yn ei ddwylo. 'Dwi ar goll hebddi, Ows.'

Theimlais i erioed yn fwy chwithig. Beth fedrwn i ei ddweud? Roedd o'n ymddangos yn grêt fel arfer – fel tasa fo'n ymdopi efo'i golled. Ond nid rŵan.

'Dwi mor sorri dy fod ti wedi'i cholli hi,' meddwn yn dawel, a'r geiriau'n swnio'n wag ac annigonol. Trodd Mei a gwenu arna i'n drist. Roedd ei lygaid yn wlyb.

'Diolch am ddeud hynna. Dwi'n meddwl weithia, am 'mod i'n edrych fel taswn i'n ymdopi'n iawn, fod pobol yn anghofio amdani hi.'

'Dy'n nhw ddim yn anghofio, 'sdi. Dwi heb anghofio a do'n i ddim yn ei nabod hi.'

Gwenodd Mei a sychu ei lygaid efo'i lawes. 'Mi fasa hi wedi dy licio di. Basa hi wedi addurno'r tŷ newydd i chdi a gadael caserol yn y popty. Un fel yna oedd hi.' Edrychodd arna i. 'Fedri di wneud o heddiw, Ows?'

Ysgydwais fy mhen. 'Mae gen i foi'n dod i orffen llawes Geltaidd y prynhawn yma.'

'Plis. Ma rhaid iddo ddigwydd heddiw, neu fydd o ddim 'run fath.'

'Mei...'

'Mae'n ben-blwydd Menna heddiw, ti'n gweld, a dwi'n gwneud hyn fel anrheg iddi hi. Dwi'n gwybod ei fod o'n swnio'n wirion. Ond fydd o ddim 'run fath os bydd o'n hwyr.'

Ochneidiais, a nodio'n ddistaw. 'Tyrd heno, ar ôl i'r stiwdio gau.'

Goleuodd gwên ei wyneb gwelw, a diolchais 'mod i'n medru gwneud rhywbeth i godi calon y creadur.

'Diolch, Ows. Wir i chdi. Wn i ddim pam fod tatŵs yn gymaint o help, ond maen nhw.'

Nodiais eto, gan feddwl am y cylch mawr du, yr atalnod llawn ar fy mraich. Weithiau, byddai rhywun yn suddo mor ddwfn mewn digalondid a dim ond inc a nodwydd fyddai'n cymryd y min oddi ar y boen.

Ochneidiodd Mei pan gyffyrddodd y nodwydd ei groen am y tro cyntaf y noson honno, fel petai teimlo'r boen yn rhyddhad iddo. Chymrodd y tatŵ ddim yn hir i'w wneud – doedd dim amlinelliad du, dim ond glas tlws yn estyn i lawr ei fraich. Do'n i ddim yn siŵr a o'n i'n hoffi'r tatŵ, a dweud y gwir. I unrhyw un na wyddai mai afon oedd hi, edrychai fel petai plentyn bach wedi defnyddio pinnau ffelt ar ei gnawd. Ond roedd y ffaith fod y tatŵ mor anarferol yn ei wneud o'n hardd.

Ar ôl gorffen, diffoddais y gwn tatŵs a thawelodd y sŵn. Doedd Mei na fi ddim wedi dweud gair ers i mi ddechrau ar y tatŵ ac ro'n i'n teimlo'n chwithig ynglŷn â thorri'r distawrwydd.

Cododd Mei yn araf a chroesi at y drych mawr yng nghefn y stiwdio. Llygadodd ei datŵ newydd, a chysgod gwên ar ei wyneb.

'Pen-blwydd hapus, Menna,' meddai'n dawel, dawel.

O'R HOLL BETHAU RO'N i wedi disgwyl eu gweld, doedd llond tŷ o genod ifanc yn dal brwsys paent ddim yn un ohonyn nhw. Ond, bore Sul, dyna'n union oedd yn fy ystafell fyw, yn chwerthin ac yn sgwrsio ac yn peintio fy waliau'n wyrdd golau gwanwynol. Doeddan nhw'n cymryd fawr ddim sylw ohona i ond roedd pawb yn hapus i dderbyn cyfarwyddiadau Lili. Y gweithwyr rhataf erioed – pymtheg punt mewn creision, bisgedi a phop ac roedd fy ystafell fyw, y gegin, a llofft Lili wedi'u peintio.

'Mae o'n berffaith.' Edrychais o gwmpas y gegin ar ôl i'r ffrind olaf ffarwelio. 'Wir yr. Do'n i ddim yn siŵr am y lliw, ond chdi oedd yn iawn.'

'Dylia bod chdi'n dda efo lliwia, a chditha'n artist,' tynnodd Lili fy nghoes.

'Na, wir i chdi. Faswn i byth wedi gneud hyn hebddot ti. Diolch, Lili.'

'Paid â mynd yn sopi rŵan,' chwarddodd, cyn eistedd wrth y bwrdd.

'Beth am i mi brynu pryd Chinese i ni heno? I ddathlu?'

Sythodd gwên Lili a dechreuodd blicio

mymryn o baent sych oddi ar ei dwylo. 'Deud y gwir, Dad, ro'n i wedi meddwl mynd adre at Mam heno.'

'Iawn, siŵr,' meddwn, yn rhy sydyn. 'Dim problem.'

'Dwi prin wedi'i gweld hi'r penwythnos yma. Dwi isio bod adra ar nos Sul... Dach chi'n dallt, tydach?'

'Dwi jest yn hapus bo chdi'n dod yma o gwbwl,' meddwn yn onest. Ond eto, teimlai Lili a minnau'n chwithig braidd.

Ar ôl i Lili adael, roedd y tŷ'n hollol dawel. Yn hytrach na gwylio'r teledu fel y gwnawn fel arfer, eisteddais ar y soffa, ac arogl paent yn llenwi fy ffroenau.

Dyma fo, 'ta. Gweddill fy mywyd. Dyma sut fydd pethau.

Brathais fy ngwefus wrth feddwl am Lili'n cyrraedd adre at ei mam. Mi fyddai'r ddwy'n sgwrsio yn y gegin wrth i Jên baratoi swper, a Lili'n eistedd wrth y bwrdd yn hanner gwneud ei gwaith cartref. Fyddai'r ddwy byth heb ddim i'w ddweud a do'n i erioed wedi medru sgwrsio efo Lili yn yr un ffordd hawddgar â Jên. Falle nad o'n i gystal rhiant â Jên wedi'r cwbwl.

'Jên?'

Bu saib am ychydig eiliadau yr ochr arall i'r ffôn. Medrwn glywed synau cegin tŷ ni yn y cefndir: nionod yn ffrio a chân yn chwarae ar y radio.

'Haia.'

'Ti'n ocê?'

'Yndw. Yndw, diolch. Isio Lili wyt ti? Mae hi wedi mynd i dŷ un o'i ffrindia.'

'Na, isio gofyn rhywbath i chdi o'n i, os wyt ti ddim yn meindio. Mi ffonia i Lils ar ei mobail wedyn.'

'O.'

Bron na fedrwn i glywed ei meddwl hi'n gweithio i drio dyfalu beth yn y byd o'n i isio.

'Wel... Lili ddaru sôn dros y penwythnos fod yna noson rieni yn yr ysgol nos fory. Dwi'n gwybod nad ydw i wedi bod i'r un ohonyn nhw o'r blaen, tydw i ddim wedi bod yn dda iawn am wneud petha fel yna... Ond baswn i wir yn licio dŵad efo chdi. Os ti'm yn meindio?'

'Ti isio dod i noson rieni?' ailadroddodd Jên yn amheus.

'Yndw.'

'Pam, Ows?'

Ochneidiais, yn trio meddwl am y ffordd orau o ddisgrifio'r peth i Jên. 'Baswn i'n licio'i helpu hi efo'i gwaith cartre pan mae hi'n aros yma. A dwi isio iddi wybod bod gen i ddiddordeb yn ei bywyd hi. Mi ddyliwn i fod wedi mynd cyn hyn, ond fedra i ddim newid hynny rŵan.'

'Wel... Iawn. Ia, siŵr. Dwi'n falch...' Dechreuodd Jên ddweud rhywbeth, ond caeodd ei cheg cyn gorffen. 'Chwarter i bump, yn neuadd yr ysgol.'

'Diolch, Jên. Wela i di fory.'

DOEDD NEUADD YSGOL DYFFRYN Ogwen ddim wedi newid o gwbwl ers i mi adael. Roedd rhai athrawon, hyd yn oed, yn dal yno. Safai'r rhieni ar ganol y neuadd ac eisteddai'r athrawon wrth eu desgiau o gwmpas yr ochrau.

Safai Jên yng nghanol yr ystafell a rhoddodd wên fach wrth fy ngweld. Daeth yr hen deimlad hwnnw i fy stumog, fel petai'n llawn creaduriaid bach a'r rheiny'n trio dianc. Dyma'r tro cynta iddi wenu arna i ers...

'Mi ddoist ti,' meddai gyda rhyddhad. Roedd golwg flinedig arni ac roedd hi'n drewi o saim tships ar ôl ei shifft yn y caffi. Medrwn ei chofio hi'n ddisgybl ysgol yma a minnau'n edrych draw arni yn ystod gwasanaethau'r bore...

'Do, siŵr,' atebais, gan droi oddi wrthi. Ro'n i yma er lles Lili, nid i hel atgofion a thorri 'nghalon am Jên. Byddai'n rhaid i mi arfer bod yn ei chwmni heb droi'n swp o emosiynau bob tro. 'Pwy ydan ni'n ei weld gynta?'

'Mei Llan.'

Nodiodd Jên i gyfeiriad un o'r desgiau a gwelais Mei yn eistedd yno, yn ein gwahodd draw ato.

'Iesgob, ti'n edrych yn smart,' tynnais ei

goes wrth eistedd. Chwarddodd Mei. Roedd o wedi gwella ers pen-blwydd Menna, fel tasa tatŵ afon Ogwen wedi lleddfu rhyw boen a fu'n ei gnoi. Ac os o'n i wedi medru gwneud rhywbeth bach i'w helpu o, roedd o wedi talu 'nôl drwy fod yn ffrind mor driw. Byddai'n galw acw am gyrri ac, ar ambell noson braf, byddai'r ddau ohonom yn cerdded ar hyd llwybrau Nant Ffrancon a Llyn Ogwen. Do'n i erioed wedi cael ffrind 'run fath â fo.

'Mae'n rhaid i mi wisgo crysau llewys hir er mwyn cuddio'r tatŵs,' meddai Mei, cyn gwenu'n glên ar Jên. 'Ond digon am hynny. Yma i drafod Lili ydan ni.' Edrychodd i lawr ar ei nodiadau. 'Mae'n rhaid cyfaddef y bydd athrawon yn poeni pan fydd disgybl yn dioddef y boen wrth i'w rieni wahanu. Mae o'n naturiol i blentyn ddechrau cicio yn erbyn y tresi. Ond tydi Lili ddim wedi dangos unrhyw arwyddion o hynny, ddim hyd yn hyn, beth bynnag. Mae'n gweithio'n galed, yn boblogaidd ac yn glên. Mae ganddi dueddiad i siarad gormod yn y dosbarth ac ambell dro mae ei gwaith cartref hi braidd yn flêr, ac ôl brys arno fo. Ond pethau bach ydi'r rheiny.'

Rhywbeth tebyg ddywedodd yr athrawon eraill hefyd. Roedd hi'n garedig ac yn weithgar, yn gegog ar adegau ond yn gwneud ei gorau.

Chwarae teg iddi. Penderfynais brynu *pizza* mawr iddi dros y penwythnos i ddathlu.

Yr athro olaf i ni ei weld oedd Mr Larsen – fy hen athro celf. Roedd ei wallt wedi britho ac roedd o wedi twchu ond, fel arall, roedd o 'run fath ag oedd o ugain mlynedd ynghynt.

'Wel, wel! Owain! Mae hi wedi bod yn flynyddoedd mawr...'

'Do.'

Eisteddais ar y gadair, gan frathu'r 'syr' oedd ar fin baglu oddi ar fy nhafod.

'Ro'n i'n siŵr y byddet ti'n arddangos dy waith mewn orielau erbyn hyn. Efo dy dalent di, mi fyddet yn hawdd wedi medru gwneud bywoliaeth o dy gelf. Wyt ti'n dal i dynnu lluniau?'

'Ydw. Ac mi rydw i'n gwneud bywoliaeth o 'nghelf.'

Gwenodd Mr Larsen. 'Wel, wrth gwrs. Dwi wedi clywed am y stiwdio tatŵs. Ond mi wyddost ti beth dwi'n feddwl... Celf go iawn, paentiadau a phethau felly. Tydi hi byth yn rhy hwyr.'

Gwenodd Mr Larsen yn glên, cyn mynd ymlaen i siarad am Lili, heb syniad yn y byd mor amharchus a nawddoglyd roedd o'n swnio.

Ro'n i eisiau ei daro'n galed yn ei wyneb.

'Celf go iawn'! Ro'n i'n gwybod yn iawn beth roedd o'n ei olygu efo hynny. Ac roedd y deinosor yma'n dysgu celf i bobol ifanc. Duw a'u helpo nhw.

Mi fedra i gofio trip ysgol yn nosbarth 5. Aeth Mr Larsen â llond llaw o'i ddisgyblion i weld arddangosfa mewn oriel yn Lerpwl.

'Mae hwn yn odidog.' Safodd Mr Larsen y tu ôl i'm hysgwydd wrth i ni syllu ar baentiad o faban bach tew ar lin ei fam. 'Mae'r flanced wen yn dynodi purdeb y baban, a'r holl dywyllwch yn y cefndir yn arwydd o'r düwch a ddaw wrth iddo dyfu...'

Ac yno, yn y fan a'r lle, penderfynais nad o'n i am fynd i'r colegau celf y ceisiodd Mr Larsen fy narbwyllo i wneud cais amdanyn nhw. Do'n i ddim am wneud paentiadau ar gynfas. Do'n i ddim am arddangos fy ngwaith mewn oriel efo paentiadau oedd yn ganrifoedd oed ac angen esboniad cyn medru eu gwerthfawrogi.

Doedd pethau fel yna ddim yn apelio ataf fi; celf snobyddlyd. Tatŵs, ar y llaw arall – roedd pawb yn medru eu dallt nhw, a doedd cerdded i mewn i stiwdio tatŵs ddim yn gwneud i unrhyw un deimlo nad oedden nhw'n ddigon da. Roedd tatŵs yn gelf i bawb, dim jest i bobol oedd â gradd mewn celf gain.

'Paid â phoeni am beth ddeudodd Larsen,'

meddai Jên wedyn wrth i ni adael yr ysgol. 'Tydi o'n dallt dim.'

Gwenais yn drist, yn falch ei bod hi'n trio 'nghysuro i. 'Dwi'n cofio sut wyt ti'n teimlo am datŵs, Jên. Mae'n ocê.'

Edrychodd Jên ar ei sgidiau a gwneud i mi deimlo imi ddweud y peth anghywir.

'LLE RWYT TI ISIO fo?'

Roedd yr hogyn yn ifanc – deunaw a thri mis, a bod yn fanwl gywir – gan imi weld ei drwydded yrru i wneud yn siŵr ei fod o'n ddigon hen. Roedd ei ben wedi'i eillio'n foel ac roedd o'n sgwario o gwmpas y stiwdio fel tasa fo mewn cylch bocsio.

Llun cyllell oedd o am ei gael – cyllell finiog, a gwaed ar ei llafn. Byddai'n gweddu i'w ddelwedd yn berffaith. Roedd y cynllun yn afiach.

'Fan yma,' atebodd, gan bwyntio at ochr ei wddw, uwchben coler ei siwmper. 'Yn pwyntio am i fyny.'

Ysgydwais fy mhen yn bendant. 'Mae yna arwydd ar y drws. Dim tatŵs ar wyneb, gwddw na dwylo. Sorri.'

'E?' ebychodd yr hogyn. 'Pam?'

'Achos y rheiny ydi'r rhai ti'n methu eu gorchuddio. A dyna'r rhai mai pobol yn difaru eu cael.'

'Mae hynny'n wirion!' Gwylltiodd yr hogyn. 'Pwy wyt ti i ddeud y bydda i'n difaru? Mae gen ti un ar dy wddw!' Pwyntiodd at y dail eiddew oedd uwch fy ngwegil. Maen nhw'n estyn yr holl ffordd at fy nhraed, ond wyddai o mo hynny.

'Oes, a dyna'r unig un dwi'n difaru ei gael,' meddwn yn bendant. 'Fedra i ddim mynd i briodas, cnebrwng na bedydd heb ei fod o yn y golwg. Pan fydda i'n cerdded i lawr stryd, mi fydd pobol yn croesi'r lôn i fy osgoi i a'r heddlu'n fy stopio heb reswm.'

'Yn yr hen ddyddia, efallai. Ond dydi pobol ddim yn meindio tatŵs rŵan.'

'Ma hyd yn oed y bobol orau yn teimlo'n nerfus neu'n ansicr pan ma nhw'n gweld tatŵs ar wyneb neu wddw. Coelia di fi.'

Trodd yr hogyn i adael, gan regi wrth fynd. Pam roeddwn i'n trafferthu? Mi fyddai o'n mynd yn syth i stiwdio arall i gael ei datŵ hyll, a nhw fyddai'n derbyn ei bres o, nid fi.

Ond ro'n i'n gwybod yn iawn na fedrwn i roi tatŵ gwaedlyd ar wddw hogyn deunaw oed, gan wybod y byddai o'n difaru ymhen blwyddyn neu ddwy. Ro'n i eisiau i bobol fod yn falch o'r celf ar eu cyrff, am byth.

'Ti'n iawn?' gofynnais i Mei. Roedd o wedi bod yn anarferol o dawel wrth i ni'n dau gerdded i Lyn Idwal ac ro'n i'n teimlo'n chwithig, braidd.

'Ydi o mor amlwg â hynny nad ydw i?' gwenodd Mei yn drist. Roedd hi'n bnawn braf ond yn ofnadwy o oer. Safodd y ddau ohonom wrth y llyn, a mynyddoedd mawreddog Dyffryn Ogwen yn codi'n dywyll o'n cwmpas.

'Mae o'n anoddach bod ar dy ben dy hun pan mae hi'n oer, dwi'n meddwl,' synfyfyriais, gan drio dyfalu beth oedd yn ei boeni. 'Tydi tŷ gwag byth yn dŷ clyd.'

Ochneidiodd Mei. 'Ddim hynny... Ows, mi wnes i gusanu rhywun. Rhywun arall.'

Yn fy syndod, ro'n i'n methu peidio â gwenu. 'Wel, wel! Ti'n dipyn o lwynog. Wyddwn i ddim dy fod ti'n *meddwl* am...'

'Do'n i ddim,' cyfaddefodd Mei. 'A phaid â gwenu arna i fel yna. Tydw i'm yn falch ohona i fy hun.'

Wyddwn i ddim sut i ymateb, felly ddywedais i ddim gair.

'Ffrind da i Menna... Ro'n i am iddi gael ryw hen lyfrau ro'dd Menna wedi'u trysori. Felly, mi wahoddais hi draw er mwyn rhoi'r llyfra iddi, a nath o jest digwydd.'

'Dwyt ti ddim wedi gwneud unrhyw beth o'i le, Mei.'

'Ond fel yna mae o'n teimlo! Fel taswn i wedi bod yn anffyddlon i Menna. Fel tasa hi wedi gweld y cyfan, a...' Methodd orffen y frawddeg. 'Wsti beth sy'n ei wneud o'n waeth? Pan oedd Menna'n fyw ac yn iach, mi fyddwn i'n sbio ar y ddynes yma – Rhian ydi ei henw hi – a meddwl mor dlws oedd hi, ac mor siapus.'

'Natur ddynol ydi hynny. Tydi bod yn briod ddim yn dy wneud ti'n ddall.'

'Wel, os felly, dwi ddim yn licio'r natur ddynol. Mae'n greulon ac yn afiach.'

Cerddodd y ddau ohonom yn ôl i'r maes parcio yn araf, gan droi'r sgwrs yn ôl at bethau ysgafnach. Ond roedd yr hyn ddywedodd Mei wedi aros yn fy meddwl. Roedd o'n teimlo'n gyfarwydd, rywsut.

'Dwi'n dallt sut ti'n teimlo, 'sdi, am Rhian,' mentrais wrth i ni gyrraedd y maes parcio. 'Mi soniodd Lili ychydig yn ôl y dyliwn i fod yn chwilio am ddynes arall. Mi feddyliais am y peth... Ond, tydw i ddim isio dynes newydd, dwi isio'r hen un yn ôl.'

'Yn union,' ochneidiodd Mei, fel tasa fo'n rhyddhad iddo wybod bod rhywun yn deall. 'Y gwahaniaeth ydi, mae gen ti o leia siawns o gael Jên yn ôl. Dwi wedi colli Menna am byth.'

Plannais fy nwylo yn dynn yn fy mhocedi. 'Sorri, Mei. Do'n i ddim yn trio awgrymu bod yr hyn sy wedi digwydd i Jên a fi 'run fath â'r hyn ddigwyddodd i chdi.'

'Paid ag ymddiheuro. Mae o'n debyg, tydi? Rydan ni'n dau'n mynd adra i dai gwag bob nos. Y gwir ydi, Ows, ein bod ni'n dau wedi colli'n gwragedd.'

'LILS!' GWAEDDAIS I FYNY'R grisiau. 'Mae dy fam yma!'

Bore Sul, ac roedd Jên wedi dod i hebrwng Lili i Landudno i brynu sgidiau newydd. Yn ôl Lili, fyddwn i'n dda i ddim yn gwneud hynny. Medrwn weld Jên yn eistedd yn y car y tu allan i'r tŷ, yn cnoi ei hewinedd.

'Yn barod?' gwaeddodd Lili. 'Dwi newydd gamu i mewn i'r bath, Dad! Wnei di ddeud wrthi y bydda i mor sydyn ag y medra i...'

'Lili! Mi ddyliet fod yn barod.'

'Dyma'r tro cyntaf mewn bron i bymtheng mlynedd i mi ei gweld hi ar amser!'

Rhoddodd Jên wên fach wrth iddi 'ngweld i, ac agorodd ffenest y car. Teimlwn fod hydoedd ers i mi ei gweld hi a sylwais, yn boenus, mor dlws roedd hi'n edrych.

'Iawn?'

'Iawn. Ma Lils newydd gamu i mewn i'r bath. Roedd hi wedi penderfynu y byddet ti'n hwyr...'

Rholiodd Jên ei llygaid. 'Mi arhosa i. Diolch am ddod allan i ddeud.'

'Mae'n iawn, siŵr.' Do'n i ddim am ei gadael hi fel tasan ni'n ddieithriaid. 'Dwi heb dy weld ti erstalwm. Sut wyt ti'n cadw?'

Edrychodd Jên i fyw fy llygaid am ychydig cyn ateb. 'Ocê. Yndw. Iawn. Wyt ti?'

Nodiais, gan deimlo, am unwaith, ei fod o'n wir. 'Prysur yn y gwaith. Prysur iawn. Ac mae'r tŷ yn dechrau siapio.'

Gwenodd Jên. 'Mae Lili'n dweud dy fod ti'n coginio. Mae dy grymbl di'n well na f'un i, dwi'n dallt.'

Chwarddais, gan gofio mor hawdd y bu'r sgwrs rhwng y ddau ohonom erioed.

'Dos di 'nôl i'r tŷ. Mae hi'n oer allan fan'ma.'

Trois fy nghefn. Roedd hyn yn wirion, meddyliais. Jên oedd hi. Jên, oedd wedi golchi 'nillad budron am bedair blynedd ar ddeg. Jên, oedd wedi fy nyrsio drwy bob annwyd a ffliw. Jên, oedd yn fy nabod i'n well nag unrhyw un.

'Ddoi di i mewn am baned?' gofynnais, gan droi ati. Agorodd Jên ei cheg, ond roedd yn ansicr beth i'w ddweud. 'Mae'n wirion i chdi eistedd tu allan. 'Dan ni'n dal yn ffrindia, tydan?'

Gwenodd Jên, cyn cau ffenest y car a dod allan.

Roedd presenoldeb Jên yn y tŷ yn rhyfedd, fel tasa 'ngorffennol i a 'nyfodol wedi dod ynghyd. Eisteddai wrth fwrdd y gegin wrth i mi hwylio paned o goffi, gan edrych o'i chwmpas.

'Mae'r lle mor daclus gen ti!'

Chwarddais. 'Mae o'n hawdd pan dwi ar fy mhen fy hun. Ond pan ma Lili yma... Wel, ti'n gwybod sut un ydi hi. Mi ddois o hyd i un o'i brwsys gwallt hi yn y cwpwrdd bwyd ddoe.'

Chwarddodd Jên a diolch am y coffi a osodais o'i blaen.

'Dwi'n clywed dy fod ti'n mynd allan dipyn rŵan. Rhywun wedi dy weld ti a Mei yn y Bull ryw noson.'

Nodiais. 'Rydan ni'n gwneud lot efo'n gilydd, er dydan ni byth yn cael mwy na chwpwl o beints.'

'Mae'n iawn, siŵr. Does dim isio i chdi esbonio dy hun...'

'Do'n i ddim. Mae Mei a minna'n reit debyg mewn llawer o ffyrdd. Dydi'r un ohonan ni isio noson wyllt na dim byd felly.'

Gwenais wrth feddwl mor od y byddai'r ddau ohonon ni'n edrych mewn clwb nos.

'Na finna. Mae nos Sadwrn yn ddigon od a Lili'n aros efo chdi. Dwi erioed wedi gwylio cymaint o deledu gwael yn fy myw.'

Chwarddodd y ddau ohonom, yn union fel roeddan ni'n arfer gwneud.

'Yli, Jên, mae rhywbath dwi angen ei ddweud. Y diwrnod hwnnw pan ddoist ti i'r stiwdio ac mi wylltiais i... Pan ddeudaist ti fod angen i mi gael cartre call...'

'Doedd o ddim o 'musnas i. Ddyliwn i ddim fod wedi agor fy ngheg.'

'Chdi oedd yn iawn. Mae petha wedi bod gymaint gwell ers i mi symud yma a chael Lili i aros. Ddyliwn i ddim fod wedi siarad efo chdi fel gwnes i ac mae'n wir ddrwg gen i.'

Edrychodd Jên ar ei choffi. 'Diolch. Dwi inna'n sorri, hefyd. Do'n i ddim yn meddwl y byddat ti'n gallu ymdopi ar dy ben dy hun. Ond mi rwyt ti'n gwneud yn grêt. A'r ffordd rwyt ti rŵan... wel, mae'n fy atgoffa i sut roeddat ti pan oeddan ni'n iau.'

Erbyn i Lili ruthro i mewn i'r gegin, ugain munud yn ddiweddarach, roedd y sgwrs wedi ystwytho a Jên a minnau'n parablu'n hawdd. Stopiodd Lili'n stond ac edrych o un i'r llall.

'Ydach chi'n ffraeo?' gofynnodd yn syth.

'Nac ydan, siŵr,' gwenodd Jên. 'Rydan ni'n cael paned am dy fod ti'n rhedeg mor ofnadwy o hwyr.'

'Diolch i Dduw,' atebodd Lili'n ddramatig. 'O'n i ddim yn siŵr oeddach chi'n casáu'ch gilydd. Mae rhieni Casi wedi gwahanu ers pedair blynedd a tydyn nhw ddim yn medru bod yn yr un ystafell â'i gilydd heb sgrechian fel nytars.'

Ysgydwais fy mhen a gwenu. 'Dwi'n gaddo na wna i sgrechian ar dy fam. Ond mi wna i sgrechian arnat ti os wyt ti wedi gadael tywelion gwlyb ar lawr dy lofft...'

Ar ôl ffarwelio efo'r ddwy, sefais wrth y ffenest i godi llaw. Ai dychmygu'r olwg annwyl yn llygaid Jên wnes i wrth iddi gymryd cip arna i cyn gyrru i ffwrdd? Oedd y fflam fechan o obaith y tu mewn i mi yn beth gwallgo? Bod yn gyfeillgar er mwyn Lili oedd hi neu oedd hi'n dal i fwynhau fy nghwmni i go iawn?

Amser a ddengys, mae'n siŵr. Ond wrth eistedd yno'n gorffen coffi oer Jên, sylweddolais y byddwn i'n iawn, beth bynnag fyddai'n digwydd. Hyd yn oed tasa Jên yn fy nghymryd yn ôl, byddai'n rhaid dechrau o'r dechrau. Ac roedd paned o goffi a sgwrs o gwmpas bwrdd y gegin yn ddechrau go lew.

M<small>AE'N RHAID I MI</small> fod yn onest. Roedd gen i ofn gwirioneddol fod Mei Llan wedi gwneud rhywbeth gwirion.

Roeddan ni'n dau wedi mynd i'r arfer o fynd am beint neu ddau ar nos Wener yn y Llangollen. Dim meddwi, dim ond cyfle i ymlacio. Roedd y stiwdio ar agor tan saith ar nos Wener, beth bynnag, felly byddai Mei yn galw heibio yn fuan wedyn.

Ond heno, ddaeth o ddim.

Sgubais y llawr a thwtio'r llyfrau cynlluniau ar y bwrdd bach. Chwarter wedi saith. Diffoddais y cyfrifiadur a rhoi mymryn o drefn ar yr inc. Hanner awr wedi saith. Dim sôn amdano.

Am ugain munud i wyth, canodd fy ffôn bach. Ochneidiais, yn meddwl yn siŵr mai Mei oedd yn ffonio i esbonio lle roedd o. Ond enw Lili fflachiodd ar y sgrin.

'Haia, Lils.'

'Haia! Ti'n iawn?'

'Yndw, tad. Ydi popeth yn ocê?'

'Yndi! Does gen i ddim byd i'w ddweud go iawn, jest ffonio am sgwrs. Dwi'n mynd i dŷ Sophie wedyn i wylio ffilm.'

'O, reit dda. Aros am Mei ydw i. Rydan ni i

fod fynd am beint ond mae o bron dri chwarter awr yn hwyr.'

'O! Doedd o ddim yn yr ysgol heddiw. Yn ôl y sôn doedd o ddim wedi ffonio i ddeud ei fod o'n sâl, felly doedd neb wedi trefnu i rywun arall gymryd ei wersi.'

Llyncais fy mhoer. 'Doedd o ddim yno? A nath o ddim ffonio chwaith?'

'Dwi'n siŵr ei fod o'n iawn, Dad, ond ella basa'n well i ti alw draw i'w weld.'

'Mi wna i. Diolch Lils. Wela i di pnawn fory, ocê?'

'Iawn. Nos da.'

Doedd dim ateb ar rif Mei ac ymhen dau funud roedd y stiwdio wedi'i chloi a minnau ar y ffordd i Lanllechid. Diolch byth, roedd tacsi y tu allan i'r Bull ac mi aeth â fi'n syth yno.

Beth tasa fo wedi brifo'i hun? Neu waeth? Doedd o ddim wedi bod 'run fath ers snogio'r Rhian yna. Doedd o ddim wedi sôn am y peth ers hynny ond medrwn weld bod ei feddwl yn crwydro ymhell, bell weithiau.

Tŷ bach henffasiwn sydd gan Mei, fel tŷ mewn llun gan blentyn pum mlwydd oed. Mae o ar gyrion y pentref, i lawr lôn fach, ac mae yna goeden afalau yn yr ardd. Lle perffaith, a dweud y gwir. Roedd Mei wedi dweud wrtha i ryw dro eu bod nhw wedi dewis y tŷ am y bydda fo'n lle hyfryd i fagu plant.

Roedd ffenestri'r tŷ yn dywyll ond roedd car Mei wedi'i barcio'n dwt y tu allan. Ar ôl talu'r gyrrwr tacsi cerddais at y drws ffrynt a chnocio'n galed. Dim ateb. Cnociais wedyn, cyn symud at y ffenestri. Roedd hi'n rhy dywyll, fedrwn i weld dim.

Cofiais am y drws ochr a sleifiais o gwmpas talcen y tŷ. Cnocio'r drws. Dim ateb. Trio'r drws – roedd o ar agor. Gwthiais yn araf, cyn pwyllo.

Beth os oedd o'n cysgu? Neu yn y bath? Beth os oedd o yn y gwely efo'r Rhian yna? Efallai 'mod i wedi gorymatcb yn dŵad yr holl ffordd yma.

'Mei?' gelwais yn betrus drwy'r drws. 'Mei?'

Cerddais i mewn i'r tŷ yn araf, gan roi'r goleuadau 'mlaen wrth i mi gerdded o ystafell i ystafell. Ew, roedd y lle'n llanast – pob bwrdd a chadair wedi'u gorchuddio â phapurau a llyfrau, hen fŷgs a gwydrau diod dros y lle, papurau creision gwag a chylchgronau a phapurau newydd ym mhob man. Dwywaith ro'n i wedi bod yma o'r blaen, pan ddechreuodd Mei a minna ddod yn ffrindiau ac roedd y lle'n berffaith bryd hynny. Roedd hi'n gymaint haws cwrdd yn fy nhŷ i – does gen i ddim car

105

ac mae'n ddigon agos i fedru cerdded i'r Stryd
Fawr am beint.

Doedd Mei yn amlwg ddim cystal ag ro'n i
wedi meddwl.

Yn y stydi y dois i o hyd iddo fo – ystafell
hir yng nghefn y tŷ, desg ar un ochr iddi a
llyfrau'n gorchuddio'r wal gyferbyn. Roedd
y waliau'n lluniau i gyd ac roedd peiriant
chwarae CDs yn y gornel.

Meddyliais am eiliad fod Mei wedi marw.
Gorweddai ar y llawr yn ymyl ei ddesg.
Rhuthrais ato, fy nghalon yn llamu, ac
ochneidio'n syth wrth weld ei ben yn symud
ryw ychydig.

'Mei?'

Penliniais yn ei ymyl a dyna pryd trawodd
yr arogl fy ffroenau. Alcohol. Yr hen ogla
gwenwynig, bora-wedyn yna.

'Sorri,' mwmialodd Mei, heb agor ei lygaid.
'Sorri.'

'Paid ag ymddiheuro'r ffŵl,' atebais, gan
lygadu'r botel jin oedd bron iawn yn wag ar ei
ddesg. 'Wyt ti wedi yfed honna i gyd?'

'Naddo. Bron iawn. Dwi'n teimlo'n sâl.'

Codais a brysio i'r gegin. Ar ôl dod o hyd i
fowlen blastig dan y sinc, dychwelais i'r stydi.

'Ti'n yfed yn aml ar dy ben dy hun?'

Cododd Mei ar ei eistedd yn araf, araf, a

phwyso dros y fowlen. 'Byth. Dyna pam na fedra i ddal fy niod.'

Chwydodd wedyn i mewn i'r fowlen. Gwagiais y cynnwys yn y tŷ bach a nôl gwydraid o ddŵr i Mei.

'Diolch, Ows,' meddai yntau, a chwys hangofyr yn gwlychu ei dalcen a'i groen yn llwyd.

'Mae gen i ryw gof dy fod tithau wedi gwneud 'run fath i mi ryw dro,' gwenais.

'Oeddat ti ddim cynddrwg â hyn. Iesgob, pam ddiawl wnes i beth mor wirion?'

'Deud ti wrtha i.'

Ysgydwodd Mei ei ben a sipian mymryn o'r dŵr. 'Dwi a Rhian wedi bod yn siarad ar y ffôn. Dim byd doji – jest sôn am beth ydan ni wedi bod yn ei wneud a ballu. Ond mae o'n hanner fy lladd i, Ows... Yr euogrwydd...'

'Basa Menna'n dallt, dwi'n siŵr.'

'Mi ges i'r awydd mwya gwirion i feddwi'n chwil gaib. Yfed fy hun i gysgu.'

'Ydi o wedi gwneud i chdi deimlo'n well?'

'Ydw i'n edrych fatha taswn i'n mwynhau fy hun?'

Chwarddais yn ysgafn. 'Yli, mi arhosa i, i wneud yn siŵr dy fod ti'n iawn. Ac mi ro i help i ti glirio a ballu. Mi fyddi di'n teimlo'n well ar ôl cael trefn ar betha eto.'

'Does dim isio i ti. Ond ma yna rywbath y medri di wneud i helpu, os medri di, Ows.'

Estynnodd Mei at y ddesg am drwch o bapurau. Mae'n rhaid bod yna gant a mwy ohonyn nhw. Degau ar ddegau o gynlluniau tatŵs.

Edrychais drwy'r papurau yn araf. Llawer o wahanol bethau... Dail, plu, blodau, cwpledi o gerddi...

'Ro'n i'n trio chwilio am rywbath gwahanol. Rhywbath mawr. Ro'n i bron â setlo ar gwpled allan o gerdd roedd Menna'n licio... Ond hwn rydw i isio, Ows, ar fy mol. Yn fawr.'

Estynnodd i gefn y pentwr o bapurau i nôl ffotograff mawr.

Menna. Roedd hi'n gwenu ar y camera, yn dangos ei dannedd gwyn, a blodyn bach melyn yn ei gwallt.

'Fy hoff lun i ohoni hi. Mae o'n rhy debyg iddi, bron. Fedra i ddim diodda edrych arni'n rhy hir.'

Wrth i ni'n dau eistedd ar y llawr yn nhŷ Mei, dau ddyn unig yn eu hoed a'u hamser, sylweddolais gymaint gwaeth fyddai pethau heb Mei. A ninnau ond wedi bod yn ffrindiau ers ychydig fisoedd, ro'n i'n teimlo'n wirioneddol warchodol ohono fo.

A dyna pam roedd yn rhaid i mi wneud y

peth iawn. Gosodais y papurau a'r ffotograff yn ôl ar y ddesg, cyn dweud yn dawel, 'Na, Mei. Dim mwy.'

Crychodd Mei ei dalcen. 'Be?'

'Dim mwy o datŵs. Tydyn nhw'n gwneud dim lles i ti.'

'Yndyn. Yndyn, maen nhw!' Eisteddodd Mei fymryn yn sythach, yn gwylltio rhyw ychydig. 'Nhw ydi'r unig beth sydd yn gwneud lles...'

'Paid â meddwl 'mod i ddim yn dallt. Y boen yna... Mae'n braf teimlo'r boen, yn tydi, am fod teimlo unrhyw beth yn braf a'n teimladau wedi rhewi. Ond tydi o ddim yn help go iawn, 'sdi... Dwyt ti 'mond yn gorchuddio'r petha sy'n gorfod ymddangos yn y diwedd.'

'Sut wyt ti'n gwybod?'

'Achos 'mod i'n datŵs o 'mhen i'n sawdl.'

Eisteddodd y ddau ohonom mewn tawelwch am amser hir, cyn i Mei roi gwên fach i mi a sipian ei ddŵr unwaith eto.

DYDD IAU, RHAGFYR 6

P<small>NAWN</small> I<small>AU</small> <small>GWLYB</small>, a'r gaeaf yn dechrau cau i mewn. Cyfnod tawel yn y stiwdio fydd y gaeaf, fel petai pobol yn anghofio am eu crwyn dan haenau o festiau a siwmperi.

Roedd Mei yn teimlo'n well. Ar ôl clirio'r tŷ, penderfynodd ei fod o angen help i ddygymod â'i golled. Roedd o'n talu ffortiwn i ryw ddoctor wrando arno fo'n siarad am Menna am awr bob wythnos. Fedrwn i ddim dychmygu'r ffasiwn beth ond roedd Mei yn tyngu ei fod o gymorth. Roedd o a Rhian wedi bod allan am fwyd wythnos diwetha.

Ro'n innau'n teimlo'n well hefyd, rywsut. Ers i Jên ddod i'r tŷ am baned y Sul hwnnw, roedd llawer o'r chwithdod wedi diflannu rhwng y ddau ohonom. Mi fydden ni'n sgwrsio ar y ffôn am Lili ac yn stopio i siarad wrth daro ar ein gilydd ar y stryd. Treuliais lawer o amser yn syllu ar y tatŵ atalnod llawn ar fy mraich, yn meddwl am ddiweddglo ein perthynas ni. Roedd rhywbeth arall wedi datblygu yn ei le – cyfeillgarwch. Roedd Jên yn gwenu pan fyddai hi'n fy ngweld i, rhywbeth na wnaeth yn ystod blynyddoedd olaf ein priodas.

Ac eto, roedd o'n dal yn syndod ei gweld hi heddiw yn agor drws y stiwdio, a'r glaw yn pistyllio ar y stryd y tu ôl iddi. Daeth i mewn yn araf a sefyll mewn tawelwch.

'Ti'n iawn?' gofynnais. 'Ydi Lili'n ocê?'

'Wyt ti'n brysur?' holodd, gan anwybyddu fy nghwestiwn. 'Dwi isio tatŵ.'

Syllais arni'n gegrwth wrth weld y glaw yn diferu o'i gwallt.

'Dwyt ti ddim yn licio tatŵs,' atebais yn gryg.

'Dwi isio tatŵ,' ailadroddodd yn bendant.

Cerddodd yn araf at y gwely tatŵs ac eistedd arno'n ofalus. Tynnodd ei chôt a'i siwmper a syllu arna i.

'Beth wyt ti isio?' gofynnais. 'Llun o beth?'

Ysgydwodd Jên ei phen. 'Does dim ots gen i. Dwi am i ti ddewis.'

Syllais arni am yn hir, hir. Wyddwn i ddim ai tric oedd hyn. Roedd hi mor boenus o dlws, yn eistedd yno mewn hen grys-T a jîns.

'Plis, Ows,' erfyniodd, a nodiais yn araf.

Es i nôl fy mhethau, y gwn tatŵs, y plastars, y nodwyddau a'r inc. Ro'n i wedi bod yn meddwl am un cynllun ers misoedd, un uchelgeisiol. Dotiau bach, yr un maint â brychni haul, â lliw llachar gwahanol i bob un. Llinell berffaith ohonyn nhw, yn enfys ar y croen, ond bron yn rhy fach i rywun allu sylwi arnynt.

Yn lliwgar, ac unigryw, a thlws, fel Jên.

Roedd popeth yn barod. Dim ond penderfynu ble roedd y tatŵ am fynd.

Ar ei braich hir, yn plethu drwy'r brychni?

Ar ei chefn llyfn gwyn?

Ar un o'i thraed gwelw, perffaith?

Ar gryman hyfryd ei hochr?

Eisteddais wrth ei hymyl ar y gwely. 'Jên. Fedra i ddim.'

'Pam?'

'Ti ddim angen dy addurno. Ti'n berffaith. Mi fyddai dy newid di'n... wel... yn fandaliaeth.'

Trodd Jên ata i a gafael yn fy mraich. Gorffwysodd ei phen ar fy ysgwydd ac eisteddodd y ddau ohonom ynghanol yr inc, yn gwrando ar y glaw yn disgyn.